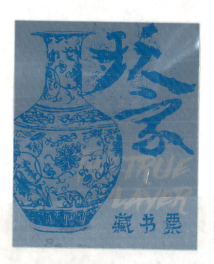

玩家

刘一达——著

杨信——绘

THE TRUE
PLAYER

中国科学技术出版社

· 北 京 ·

附录

　　剧中老北京话注解 142

创作谈

　　十年心血写《玩家》 162

媒体报道

　　《玩家》玩出人艺新京味儿 179

　　刘一达：京味儿文化的挖矿工 186

　　玩家 191

目录

剧中人物介绍 1

第一幕
　第一场 21
　第二场 43
　第三场 56

第二幕
　第一场 73
　第二场 93
　第三场 99

第三幕
　第一场 113
　第二场 128

剧中人物介绍

主要人物

靳伯安

出场时六十岁左右。

微瘦、精明、沉稳，性格有棱有角，有老北京「爷」的范儿。

阅历深厚，经多见广，但有保守的一面。

为人正直，老成持重，颇有城府，属收藏世家子弟，是文物商店的老业务员，京城老一代玩家。

3

齐放

出场时三十多岁。

靳伯安的徒弟。

中等身材，不胖不瘦。新时期的大学生，

聪明睿智，心地善良，

敢想敢干，思想前卫，

但年轻气盛，

性格矜持，过于自信，

以至于逞强好胜，

刚愎自用。

作为新一代的玩家，

他的成长有一个过程，

由最初的办事轻率、喜欢冲动，

到后来的沉稳、持重。

关婶

出场时五十多岁。

中医大夫，

靳伯安的妻子，

马晓云的母亲。

年轻时相貌出众，

老年风韵犹存。

气质淑雅，

性格温柔贤惠，

说话温和，

知书达理，

有里有面儿，

温良恭俭让，

是典型的老北京的大家闺秀。

5

蝈蝈李

六十岁左右。

房管所的退休瓦匠，

靳伯安的老友。

老北京手艺人的形象，

身材魁梧，

性格豪爽耿直，

为人热情，

快人快语，

思想简单，

说话大嗓门，

不会拐弯抹角。

正直善良，仁义敦厚，

还有几分侠义。

因为有吸烟喝酒的底子，嗓音略沙哑，

脸永远是红扑扑的，眼袋很重。

6

宝二爷

三十多岁。靳伯安的邻居，说客（经纪人）。微瘦。

看上去很精明，实际上是在耍小聪明，没有真才实学，却偏要事事显示自己能，怕人看不起自己。

办事虚头巴脑，没几句实话，能说会道，口若悬河，眉飞色舞，满脸跑眼珠子，尽管不招人待见。

但有歪心眼，没坏心眼，算不上是坏人。

是个典型的喜剧人物。

林少雄

五十多岁。稍胖。

香港收藏家。

收藏世家子弟，

受过高等教育，

经常与世界收藏界保持联系，

艺术鉴赏水平很高。

外表很斯文，

像个教授，

但骨子里还是商人，

其处世哲学是以智取胜，

不讲人情。

说话温和，

举止矜持，

体面的外表掩藏着贪心和欲望，

沉稳中隐藏着狡诈与奸猾。

8

马晓云

三十多岁。

齐放的妻子，关婶的女儿。

体态姣好，

相貌出众，

戏中「花旦」，

是典型的「六〇后」女性，

受过高等教育，

有事业心，

爱岗敬业，

又想做贤妻良母，

思想上常常纠结。

追求纯洁的爱情，

也有几分「小资」情调，

对丈夫的收藏给以支持，

但眼界有限。

魏有亮

四十岁左右。身材微胖，是个有意思的人物。

他最早是从农村（山东或河南）到北京打家具的小木匠，但凭借着农民所特有的狡猾，看到城里人把许多珍贵的老家具和古董很便宜地处理掉，找到了自己的生存之道，他一边打家具，一边以收废品的名义收古玩，因此发迹。

后来成为新生的企业家。他没文化，却附庸风雅，但他有农民质朴的本色，心眼不坏，为人热情。所以难免闹笑话，但他总想处处表现自己，怕老北京人看不起，作为北京的新移民，他也拿起北京人的做派，反而弄巧成拙。

是个喜剧人物。

10

寿五爷

六十多岁。瘦弱，面目老苍，但骨架还被王爷的遗韵强撑着，表现出一种不服老的精气神。

这种神韵代表着老北京皇家遗老遗少（已经相隔几代了）的精神状态。

简而言之，

他们是靠回忆或怀旧，支撑自己的内心世界的，

当然，

他们对现实的一切都持有一种怀疑态度，并且永远觉得今不如昔。

虽然他把脸面看得比什么都重要，但为了生活，也会做出一些不要脸的事，比如卖假画儿。

他们绝对不是坏人，也不舷说是倒霉的人，只舷说是与社会发展格格不入的人，所以被社会进步淘汰在所难免。

11

常茂

四十多岁。

微胖，靳伯安家的古玩店「大明斋」掌柜的儿子，

因此跟靳伯安的关系如同父子。

他上小学时赶上了「文化大革命」，

没正经上过学，

在商店卖菜，

后来下岗，

自己搞古玩生意。

性格看似开朗，

却在沉稳中暗藏机智，

内收外敛，

许多事深藏不露。

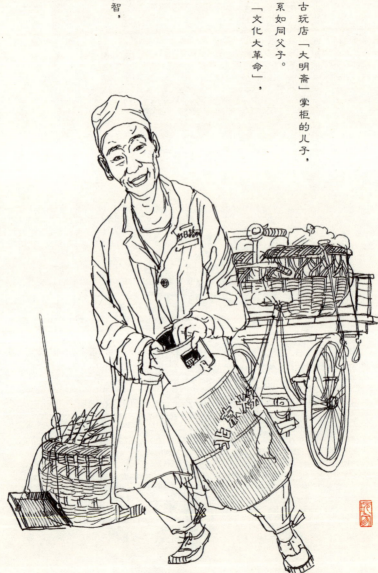

12

二鹏

三十多岁。

激瘦，靳伯安的儿子。

受其父「文革」遭迫害的影响，

没正经上过学，

文化水平不高，

却心高气傲，

加上自负，

所以干什么什么不行，

做买卖屡次赔钱，

又死要面子活受罪，

不肯认输，

总是倒霉。

跟父亲和继母关系不好，

心眼很小，也很偏执，

是一个很自私的人。

13

娟子

三十多岁。
微胖，
二鹏的妻子。
爱慕虚荣，
追求享受。
性格泼辣刁钻，
心直口快，
得理不饶人。
心地狭小，
又浪自私。
是典型的泼妇形象。

14

其他人物：

老　齐——60 多岁。机关干部，齐放的父亲。

王小民——京剧演员，收藏爱好者。

常　浩——常茂的儿子，玩家的新生代。

玩家甲、乙、丙，青年甲、乙，焦三，林少雄秘书，收藏家甲、乙，小保姆

第一幕

第一场

[时间：20 世纪 80 年代中期。]

[地点：北京的四合院。我们看到的是北屋、西屋。在舞台的侧面，可看到大门外及胡同的一部分。]

[幕启时，传来鸽哨声。靳伯安在博古架前擦拭瓷器。门外，焦三拿竹竿儿轰鸽子，关婶上。]

焦　三　呦，关婶。

关　婶　三儿，你爸的病见好不？

焦　三　多亏您开的那几付汤药，老爷子能下地了。

关　婶　回头我再给他把把脉。（边说边进院）

靳伯安　回来了？

关　婶　今儿脸色不对呀，有什么不痛快的事儿吗？

靳伯安　不愧是名医的女儿，一眼就看出我心里有事。我能有什么事儿？

[寿五爷上]

焦　三　呦，五爷！又奔哪儿倒腾您的宝贝？我们家有件老瓷器要不？

寿五爷　你呀，哪儿凉快哪儿待着去！（进院）四爷在家吧？

靳伯安 五爷！今儿早班呀！（谦让着进屋）

寿五爷 您瞧这改革了开放了，爷的称呼也回来了。

靳伯安 您是王爷的孙子，称您爷，应当应分。

寿五爷 也就是您，还记着我的身份！他们？谁还认得我是谁呀？

靳伯安 想当年，您是大明斋的常客。

寿五爷 嗨，家里的那些宝贝，都让我给玩没了，甭提了。四爷，知道您
　　　　落实政策，搬回了老宅子，我得过来瞧瞧。（拿出画）

靳伯安 还是五爷的礼数多。

寿五爷 这可是我爷爷留下来的。

靳伯安 （看画）八大山人的《石榴》。嗯，品相不错。您把压箱子底儿
　　　　的玩意儿拿了过来。

寿五爷 乔迁之喜，挂幅石榴，时来运转。这是咱京城的老例儿。

靳伯安 关大夫，拿 50 块钱给五爷。

寿五爷 您这是干吗？我可不是来卖画儿的。

靳伯安 （递钱）绝对不会比您送荣宝斋价码儿低，留着喝酒吧！

寿五爷 （接钱）这……那我这儿谢四爷了。

关　婶 （端茶）您喝茶。

寿五爷 谢谢关大夫，我坐不住。四爷，知道了吧，琉璃厂几家古玩铺的
　　　　老匾又挂出来了？您这大玩家又有活儿干了。

家

THE TRUE PLAYER

演出：北京人民艺术剧院

编剧：刘一达

导演：任鸣

摄影：李春光

主编：徐改如

靳伯安 退休两年多了。唉，挑水的回头，过景儿（井）喽，不陪他们玩儿了。

寿五爷 谁闲，您也闲不住。玩家的眼力越老越值钱。唉，真是风水轮流转。头几年成了"四旧"的老玩意儿，这会儿又成了香饽饽。

靳伯安 人有时不长眼，历史却不糊涂。宝贝到什么时候也是宝贝。

寿五爷 宝贝都在您这样的玩家手里呢。您说您玩不动了，现在程立伟这茬小么大的却玩得挺欢实。四爷，他可跟我念叨几次了，想收您手里的那件元青花。

靳伯安 让您来探我的口风儿是吧？

寿五爷 都知道那是四爷看家的宝贝。

靳伯安 让他做梦去吧！

寿五爷 我这是扯闲篇儿。得了，四爷，我告辞了。

靳伯安 走呀您，常来坐。（送寿下）

关　婶 说不卖画，给他钱也收了。

靳伯安 （拿起画）去，找火儿把它烧喽！

关　婶 （吃惊）什么？

靳伯安 30多年前，我就见过这幅假画儿，别让它再蒙世了。

关　婶 王爷的后代也拿假画儿蒙人？（随手把画儿扔到废报纸堆里）

靳伯安 唉，到他爷爷那辈儿，家就败了。

关　婶 假画儿，你还饶上50块钱。快够我一个月工资了！

靳伯安　他无儿无女无工作，靠什么吃饭？当年寿王爷是大明斋的老顾主

　　　　　儿。大明斋在最危的时候，是靠他们家送来的几件瓷器渡过的难关。

　　　　　这恩典，到死不能忘呀。

关　婶　两件瓷器就能让你到死不忘，有人在最危难的时候救了你，也从来

　　　　　没听你说过这句话？

靳伯安　（冷笑）我心里有她，可她心里却装着别人。

关　婶　（一惊）这话是什么意思？难道你听谁说什么了吗？

靳伯安　看看吧，那封信是谁来的？

关　婶　（看桌上的信）林少雄？嘻，是晓云爸爸的大学同学。

靳伯安　他怎么会认识你呢？

关　婶　这……唉，我说出来你也不信。

[王小民上]

王小民　四大爷，我给您送票来了。后儿晚上长安大戏院的《将相和》。

靳伯安　放桌儿上吧。小民，是不是又要让我给你看玩意儿呀？

王小民　（语塞）那，那什么。

靳伯安　跟你说过多少回了，玩古董是为了陶冶性情，要平心静气，多看

　　　　　实物，不能有贪心。你倒好，抓到个物件儿就沉不住气了，颠颠

　　　　　儿往我这儿跑。拿过来的十件有十件是大假活。你是让我养眼呀，

　　　　　还是让我毁眼呀？

王小民 四大爷，我不是刚玩嘛，心里没底。（拿出瓷器）

靳伯安 （看瓷器）知道自己吃几碗干饭就好，有些人刚上道儿，就不知天
　　　　高地厚了，自称玩家。玩家是那么好当的吗？

王小民 您说这几件器物不真？

靳伯安 爷儿们，你的眼力且得练呢！

［北屋传来吵嚷声］

齐　放 爸，别往这瓶子里啐痰呀！这可是宫里的玩意儿。

老　齐 宫里？等着吧，明儿我就把它砸喽！

齐　放 您这是干吗呀！

老　齐 看着别扭！我就纳这个闷儿，新时期的大学生，放着国家机关的干
　　　　部不好好干，怎么会迷上这些破瓶子烂罐子？你看看这家，简直
　　　　成废品收购站了！

齐　放 这叫人各有志。

老　齐 有志？玩物丧志！一个有理想有抱负的大学生，让一个所谓的玩
　　　　家给带到沟里了！玩儿吧，我不信玩，能玩出"四化"来？（举
　　　　起瓶要摔）

齐　放 （夺下瓶子）爸，这可是我花钱买的！

关　婶 （闻声）锣鼓听声，说话听音。齐处长，这是为哪一出儿呢？

老　齐 整天摆弄这些破古董，我不明白要把年轻人往什么道儿上带？

靳伯安 （对关婶）多什么嘴？人家是大干部！

[焦三上]

焦　三　呦，齐大处长！

老　齐　干吗呀这是？愣头磕脑的。

焦　三　鸽子，我的乌头点子跑您家房上去了。（拿杆子轰鸽子）

齐　放　焦三，快当万元户了吧？

焦　三　你不是也发了吗？早知道你玩上古董了，在文物商店门口儿没少
　　　　切货吧？

齐　放　得了吧你。饭馆的生意怎么样？

焦　三　火！别瞧就五张桌子，饭口儿得拿号。

老　齐　（不屑一顾）那也是个体户，倒儿爷！

焦　三　倒儿爷也是爷呀！国家给咱发财机会，我不奔着钱去，对得起谁
　　　　呀？

老　齐　政策让你们这些小玩闹儿倒出人头地了。唉。（下）

焦　三　齐放，有一香港大老板来北京收古董，你不想会会他？

齐　放　回头再说。我这儿候着小木匠呢。

焦　三　得，你的事儿我不掺和！（转身）呦，王小民，戏怎么唱到这儿来了？
　　　　走，到我的饭馆坐会儿。（与王下）

焦二

［马晓云上］

关　婶　晓云，下夜班了。

马晓云　妈，我爸的老同学来了？

关　婶　林少雄的信是你给的老爷子？

马晓云　是又怎么样？我就想让他们明白，当初是我爸被"红卫兵"迫害
　　　　死了，您才嫁过来的。我爸的老同学是香港大老板，跟您还有联系，
　　　　甭看不起您。

关　婶　你瞎说什么呀？你靳伯伯不是那种势利眼的人。（深情）当初，他
　　　　突发心脏病，是我救了他。我嫁他，是因为真心喜欢他。你把那
　　　　封信给他看，这不是给他心里添病吗？

马晓云　谁让他们一家人平常对您那么苛刻呢！让他们想去吧。

关　婶　你呀！唉，净给我添乱玩。

［娟子上，马晓云进北屋］

娟　子　什么见不得人的事儿呀，还嘀嘀咕咕的？关大夫知道了吧，香港老
　　　　板要来咱家。

关　婶　听说了。人家大老远的来，这家得归置归置。

娟　子　干吗？想让我当保洁工呀？

关　婶　好吧，我先收拾。（掏钱）你帮我买包好茶叶，咱不能拿茶叶沫子待
　　　　客呀！

娟　子　呦，买包茶叶还找跑腿的？什么派头呀？我待会儿还得接孩子呢。

（进里屋）

[常茂推着带液化气罐的自行车上]

常　茂　四大爷，煤气罐给您放哪？

靳伯安　老地方。呦，让茂儿受累了。

常　茂　这还不是应该的吗？关婶，给您带来点儿新鲜物。（把葡萄放
　　　　在桌上）

关　婶　帮着换煤气，还不空着手来。哟，玫瑰香！

常　茂　这葡萄还是我们老爷子活着的时候，在院里栽的呢。

靳伯安　你爸？大明斋的老掌柜，那可是京城大玩家！唉！一晃儿，走了
　　　　有五六年了。人没了，种的葡萄还年年能吃上。

常　茂　那会儿，关婶刚到您家，穿着蓝地白色碎花的小棉袄，气质不凡，
　　　　那风韵，那神采，啧啧，像个电影演员。

关　婶　你可真会说话。

靳伯安　茂儿，冬储大白菜可该着啦！

常　茂　瞧您说的，现如今市场经济了，农贸市场买什么没有？我瞅我们那
　　　　个副食店早晚得散摊子。

关　婶　油票肉票作废了，听说粮票也要取消？

常　茂　粮油市场开放了，粮票还有什么用？您没瞧现在北京人都拿粮票，

跟老农换锅碗瓢盆呢么？一百斤粮票，能换一个钢种锅，您不换一个？

关　婶　家里有俩呢。换那么多锅干吗呀？

靳伯安　（走到博古架前）你过来，是不是有什么事儿？

常　茂　听说来了个香港老板，惦记上那件元青花了？它可是靳家的传世宝。

靳伯安　是呀，传下来不易！"文化大革命"那当儿，要不是你爸爸把它拿你们家藏起来，早让"红卫兵"抄家的时候给砸了。

常　茂　这瓶子当年是您老爹用命保下来的。香港老板动这心眼，想什么呢？

关　婶　茂儿，帮我把这个柜子挪挪。

常　茂　好嘞！

[外面传来汽车声，人声嘈杂。魏有亮拎着大麻袋喊："齐师傅在吗？"]

[齐放从北屋出]

齐　放　哎，来了！

常　茂　这不是打家具的小木匠吗？还拿粮票换钢种锅呢？

齐　放　人家现在改收旧货了。

魏有亮　我是搂草打兔子，捎带手儿。

齐　放　老魏，东西呢？

魏有亮　照你说的，都是从村里收上来的，有老瓷器，老家具，东西太多，

　　　　我雇了一辆车。

齐　放　车钱我照付。走，看看物件再说!

常　茂　我也开开眼去。

齐　放　你? 得，让你长长学问吧。

魏有亮　(发现废报纸堆里那幅假画)齐师傅，你们先过去，我跟关婶说句话。

[齐放，常茂下]

关　婶　小魏，刚归置屋子，拾掇出一堆破烂，你就手收了吧。

魏有亮　现在废报纸不值钱，我也别秤了。这堆废报纸我给您五块钱，不

　　　　嫌少吧?

关　婶　你说多少就多少吧。这是幅假画儿，送废品站省得我烧了。

魏有亮　烟熏火燎的费那事儿干吗? 得嘞，钱您数数。(把废报纸连同画

　　　　儿一起装麻袋下)

[二鹏上，娟子从里屋出]

二　鹏　娟子!

娟　子　你还回来呀!

二　鹏　到广州批货去了，刚下飞机。

娟　子　是不是又做成了一笔大买卖呀?

二　鹏　两千台录音机，日本原装! 多甜的买卖，愣让我给拿下来了。

这回你就擎好儿吧，发不了财，我这鹏字倒着写！

娟　子　留神吹掉了下巴。别以为腰里别着死耗子，就成了打猎的！

二　鹏　你什么意思呀？

娟　子　发财？你发昏去吧！程立伟要债都找上门来了，你还装什么大瓣蒜！

二　鹏　（惊）什么？他会在裉节儿上给我脚底下使绊儿？

娟　子　借了人家两万块钱！你可真长本事了！

二　鹏　小人！跟他说好半年还，至于这么逼我吗？哼，等我这批货赚了，两万块？两百万又算什么？

娟　子　还撑着你那张脸呢？赚钱？就你？

二　鹏　我怎么啦？这回，哼，我要玩把大的，让你们瞧瞧我靳二鹏也是爷！

娟　子　爷？我是得叫你爷了！混到这一步还吹呢。你自己说，自从辞职下海，你跟程立伟倒服装、倒钢材、倒烟、倒酒，人家吃肉，你连口汤都没喝着，临完还让人家给算计了。

二　鹏　姑奶奶，求求你了，说话小声点！老爷子听见我跟程家的人一块儿混，非蹾秧子不可。

［关婶上］

关　婶　二鹏回来了？

二　鹏　（爱搭不理，拿起桌上的馒头啃了一口）嗯。

关　婶　呦，还没吃呢？我给你做点儿吃的去。

二　鹏　随便。

[关婶进里屋]

娟　子　瞅她虚情假意的劲儿就烦。

二　鹏　家里收拾得这么干净是不是要来人？

娟　子　一会儿，香港的林老板要来咱家。

二　鹏　找老爷子买瓷器的吧？你劝劝他，手别那么紧。

娟　子　老爷子什么脾气？我劝得了他？听说这个林老板跟大夫是老相好儿，俩人还（跟二鹏耳语）

二　鹏　（吃惊）什么？她敢！

娟　子　到时候你别犯傻就行。（看二鹏啃馒头）你这大老板怎么跟饿狼似的？

二　鹏　忙呀！

[二鹏的发小儿上]

发小儿　二鹏！

娟　子　找他有事儿？

[发小儿跟二鹏低语]

二　鹏　（急）什么？海关把货扣了？水货？哪儿能够呢？得，我马上过去。

[关婶端着面上]

关　婶　什么事儿这么急？先把这碗面吃了吧。

二　鹏　（赌气）留着给香港老板吃吧！（与发小儿下）

关　婶　（愣）你说的这是什么话呀？

娟　子　什么话，你自己还不明白吗？

[齐放和靳伯安从北屋出来]

靳伯安　娟子，你这是在说话吗？我的耳朵在这儿呢！

娟　子　您就瞅着我别扭。得，我走，接孩子去！

靳伯安　（愠怒）债主呀！

关　婶　别跟他们支气了，值不当的。

靳伯安　我欠他们什么了？唉。

齐　放　靳伯伯，您别……

靳伯安　齐放呀，收上来的这些器物是老玩意儿没错儿，但并不是所有的
　　　　老物件都值钱。

齐　放　您是说我现在还没淘换到看家的宝贝？

靳伯安　看家的不是瓷器本身，是你的眼力！齐放，玩瓷器，不能只会辨
　　　　窑口、断年代。哦，好眼力能看到一般人看不见的东西。

齐　放　这么说，刚收的那件明粉彩瓷瓶是赝品？

靳伯安　嗯，这还用我明说吗？

齐　放　什么是好眼力呢？

靳伯安 春秋时代，秦国的穆公让伯乐寻找千里马。伯乐说我的眼力不如九方皋。秦穆公便让九方皋去寻千里马。九方皋找到一匹马，说是黄色的母马。秦穆公一看，原来是匹黑色的公马。他转天对伯乐说，你让我找的是什么相马师呀？他连马的颜色和公母都分不清，还能识别出千里马？伯乐听了，大吃一惊说，这正是九方皋比我强千万倍的地方。九方皋看到的不是马的形体、马的外表，而是马的精神本质。

齐 放 马的精神本质？

靳伯安 是呀，在他的眼里马已经不是马了，而是超乎于形体之外的东西。后来，秦穆公发现这匹马果然是天下最好的千里马。玩瓷器也跟九方皋相马一样。真正的玩家玩的已经不是瓷器本身了。瓷器在他眼里不过是个有形的器物而已，他看到的是超乎于瓷器之外的东西。

齐 放 嗯，我明白了。

靳伯安 明白什么了？你呀，心气儿正高，但心性且得练呢。

［靳与关回屋。古玩商甲、乙拎着箱子上］

古玩商甲 齐先生在吗？

［齐放出］

齐 放 我是。您二位是？

古玩商乙 这位是南方有名的收藏家张先生，我是他的助手。

古玩商甲　听说你的藏品很多，我们慕名，哦，到你这里长长见识。

齐　放　（打量）好呀！请进吧。

[进屋]

古玩商甲　（环顾）齐先生的藏品蛮丰富嘛。

古玩商乙　我们在京城接触了不少藏家。玩家，齐先生名不虚传。

齐　放　（得意）别上来就捧嘿，看看玩意儿再说话。

马晓云　（耳语）我看他俩来路不清，留点儿神。

齐　放　放心吧，这种人我见多了。（转身）这些瓷器有你们看上眼的吗？

古玩商乙　齐先生真会开玩笑。张先生可是世家。你摆出来的这些……哦，
　　　　　都是民窑。（拿出画册）看看这上面的藏品，是他爷爷传下来的。

齐　放　（翻画册）嗯，都是官窑。"文革"没抄家吗？

古玩商甲　头解放，我爷爷都装箱运到了香港。

古玩商乙　想必齐先生还有好东西吧？

古玩商甲　听说您是京城大玩家靳伯安的徒弟？

古玩商乙　北京人是不是都舍不得把好玩意儿摆出来让人看呀？

齐　放　这话可有点叫板的意思了。拿两件，你们可别惊着。（开柜取瓷器）

古玩商乙　（看瓷器）哈哈，就这还让我们惊着？

齐　放　你们还想看什么？

古玩商甲　齐先生的藏品量很大，但说实话，没有一件能让我们眼前一亮的。

（开箱取瓷器）你是玩家，看看这件器物。

齐　放　（看瓶）啊，康熙粉彩官窑！

古玩商甲　好眼力！懂得古玩行的规矩吧？器物已经拿出来了，你认可的
　　　　　话，就先放在你这儿。

齐　放　放我这儿？

古玩商甲　我开价 10 万，而且只要 10 万！

齐　放　你这是考我的眼力吗？

古玩商甲　（对乙）那……你说吧。

古玩商乙　还是你说。

古玩商甲　是这样，我们俩打了个赌，我说现在京城的新派玩家没几个识
　　　　　真货的，他不相信。

古玩商乙　一个月之后，你卖不出去，我会把它拿回去。

齐　放　好吧，我给你们写个收据。

古玩商甲　不必了，玩家都讲诚信，我信得过你。

[老齐上

老　齐　（打量两人）齐放，他们是？

齐　放　我玩瓷器的朋友。

老　齐　嗯？

古玩商乙　齐先生，我们告辞了。

古玩商甲　我们一言为定！

齐　放　好，你们等我话。（送二人下）

老　齐　齐放，我说过多少次了，乱七八糟的闲杂人等，少往家里带。

齐　放　他们又不是坏人。

老　齐　好人坏人没在脸上写着。下次再往家招人，可别怪我不客气。

马晓云　爸，您别生气，他记着您说的话呢。

老　齐　什么时候你像晓云似的这么明事理，还让我有火发吗？唉。（进
　　　　里屋）

马晓云　我看刚才那两个人倒挺实在。瓶子是真的吗？

齐　放　我的眼力还能走眼吗？（看粉彩瓶）真想把它买下来，当我的看
　　　　家器物。

马晓云　说什么傻话呢？ 10 万？上哪儿找这么多钱去？（进里屋）

［宝二爷和两个小伙子上］

齐　放　呦，宝二，打着饱嗝就上来了，哪儿的饭局呀？

宝二爷　香港大老板做东，请我宝二吃的生猛海鲜！哈，什么叫谱儿呀？一
　　　　顿饭糟（读造）了两千多！一瓶法国波尔多的干红就十张"大团结"。
　　　　哼，我愣没喝出什么味儿来！

齐　放　扎大款是吧？

宝二爷　这算什么？讲吃，还得咱北京爷！七辈子学吃，八辈子学穿。喊，

要的是谱儿！我爷爷那会儿，出府八对宫灯引路，郊游四辆卧车跟班，在家里摆堂会，请的是"八大楼"的名厨掌灶。那是什么席面儿？万字燕菜、三吃活鱼、抓炒鱼片、罗汉大虾、红烧大鲍翅、八宝冬瓜盅、三焦烩蛇羹，一桌席扔的钱拿到现在，够咱俩吃个十年八年的！

齐　放　吹你爷爷干吗？哪个孙子当年在砂锅居，点了一个砂锅豆腐，要了俩烧饼，坐了仨小时，临完，锛子儿也掏不出来，要不是我二哥出面，保不齐得进局子啃窝头。

宝二爷　提这些陈芝麻烂谷子干吗？三十年河东，三十年河西。如今我宝二又是爷了！不跟你逗闷子了。你手里的玩意儿不少，香港的林老板来北京收瓷器，不准备出手几件吗？

齐　放　干吗？憋着吃过水面？

宝二爷　又较劲了不是？什么叫古玩？一手进，一手出，鼓捣着玩，这才叫古玩。古董古董，一鼓捣你就懂了！

齐　放　你呀，玩去吧！什么经一到你嘴里都得念歪喽。（下）

[娟子上，关婶从西屋出]

宝二爷　呦喝，关大夫！我这儿给您请安了。

关　婶　什么年代了，还请安？

娟　子　别逗贫了，我看你是无事不登三宝殿，有话直说吧。

宝二爷　四爷在吗？

[靳伯安从里屋出]

靳伯安　宝二呀，是那个香港人打发你来的吧？

宝二爷　没错儿，给您送见面礼来了！

[宝二爷走到台口，拍了两巴掌。"来啦！"两个小伙子应声抬上一个大纸箱子]

娟　子　嚇，电视机！

宝二爷　您瞧准喽，带彩儿的日本原装，"21遥"！林先生特地花了三千

　　　　多外汇券，在友谊商店买的。四爷，孝敬您的！

靳伯安　没进庙门呢先烧上香了？他倒真会码棋呀！

宝二爷　上眼吧您，最时髦的大彩电！现在买黑白的可都要票儿。

靳伯安　（突然变脸）时髦个大爷！宝二，甭在我这儿卖葱！你以为我稀

　　　　罕这东西？怎么搬来的，你怎么给我搬走！

宝二爷　东西搬来了，再搬回去？我说老爷子，您看这合适吗？

靳伯安　你要不搬，别怪我动手砸！

宝二爷　砸？我的四爷，这不是砸人的脸吗？

娟　子　爸，您干吗呀？送上门的东西，又拿回去？宝二，老爷子不要，搬

　　　　我们屋去！

靳伯安　（恼）敢！宝二，你搬走不搬走？

宝二爷　好好，我搬走。（让俩小伙子重新装箱）今儿出门没挑日子。您

瞧这事儿闹的，送礼送出毛病来了。

靳伯安 你少啰嗦吧！找上门来挨瞪。

[俩小伙子抬箱欲下，林少雄秘书上]

娟 子 呦，林先生来了！

秘 书 不，我是林先生的秘书。

娟 子 林先生他？

秘 书 实在不好意思，林先生有要紧的事情难以脱身，特地让我来给靳
　　　　老先生道歉的。

娟 子 合着我们白忙乎了。

靳伯安 （思忖）看来他是改主意了？想明修栈道暗度陈仓吗？

秘 书 （走到关面前）您是靳太太吧？林老板想单独见您。明天晚上请您
　　　　到北京饭店。

关 婶 请我？

娟 子 我就知道这家里有暗鬼嘛。

靳伯安 她不会去的，让林老板直接见我吧！

关 婶 不，我要先见他一面！

靳伯安 （诧异）你！

[众人露出不同表情。幕缓缓落下。]

第二场

[时间：几天以后，景如前场。]

[地点：西屋靳家，幕起时，关婶在熬药，马晓云上。]

马晓云　他们都出去了？妈，又给靳伯伯熬药呢？

关　婶　他最近总失眠，让他调理调理。

马晓云　您呀！真是天底下最善良的女人，可谁能领您这份情呢？

关　婶　只要真心待人，石头也有开花的时候。

马晓云　妈，您见到我爸的老同学了？

关　婶　嗯。

马晓云　他来北京，就是为了要买靳家的元青花瓶子吗？

关　婶　我感觉他对那瓶子有特殊的情感，梦寐以求的样子，非让我劝你靳伯伯出手。我告诉他别的忙都可以帮，就这件事不行，那是靳家的传家宝。

马晓云　娟子知道您跟林老板的关系了？

关　婶　知道了。

马晓云　我担心他们两口子会跟您过不去？

关　婶　你要理解妈妈的处境。（看窗外示意）

[马晓云进北屋，蝈蝈李拎着鸟笼子上

蝈蝈李　四爷。

[靳伯安出]

靳伯安　呦，李爷！刚遛完?

蝈蝈李　（低声）四爷，姓林的港商跟程立伟又搭咕上了，是不是……

靳伯安　嗯，我知道了。

蝈蝈李　（见关把话岔开，从怀里掏出葫芦）四爷，您说这程子老失眠，瞧，
　　　　给您带来个就伴儿的。

靳伯安　铁皮！这节气口儿能听到铁皮蝈蝈儿叫，难得！

蝈蝈李　想当年，唐太宗李世民就是听蛐蛐儿叫，治好了失眠症。您呀，
　　　　听去吧！我已然点了药，音儿错不了。

靳伯安　通体青黑，紫蓝脸，棕眼儿棕领儿，好虫儿！这葫芦也好，把儿
　　　　长儿！

蝈蝈李　您是玩家，给您的玩意儿，忒秀气拿不出手，让它陪您解闷儿吧。
　　　　过不了冬，您找我。

靳伯安　我这儿谢李爷了！

关　婶　（上茶）李爷，喝茶您。

蝈蝈李　得，关大夫，受累了您。

关　婶　你们聊着，炉子上熬着药呢（进里屋）

蝈蝈李　（感叹）多利落的人！对您又体贴又周到。甭瞅小您十来岁，人
　　　　不赖！

靳伯安　家里那对冤家不容人呀！

蝈蝈李　听说二鹏也下海做上买卖了？

靳伯安　单位不景气，非要自己单干。

蝈蝈李　没让他跟您学古玩吗？

靳伯安　天生不是这块料。非要自己开公司，一天到晚也不知他忙什么？
　　　　媳妇和孩子都顾不上了，这个家指望不上他。

蝈蝈李　家家有本难念的经。

靳伯安　听说您打家具呢，是不是庆辉要结婚？

蝈蝈李　三个儿子，就他不让我省心。

靳伯安　现如今时兴打家具了。

蝈蝈李　时兴？我得骂"时兴"这俩字！四爷，说出来能把我鼻子给气歪喽！
　　　　您知道我家里摆着的几样老物件，紫檀的顶箱柜，黄花梨的八仙桌、
　　　　太师椅。紫檀，那可是满天星的小叶紫呀！四个大小伙子抬都费劲。
　　　　愣让庆辉拉到信托商店卖了！

靳伯安　啊？

蝈蝈李　哼，归里包堆卖了80块钱！

靳伯安　简直是劈柴价儿!

蝈蝈李　临完，他跟我说，用这钱买了个大衣柜、两把电镀折椅。大衣柜
　　　　那是什么材料?

靳伯安　一槽儿烂的三合板! 嗯，买这东西还要票儿呢。

蝈蝈李　"时兴"呀! 紫檀顶箱柜、黄花梨八仙桌、太师椅，可着北京城说，
　　　　能找出几件来? 那可是正经八百寿王府里的玩意儿! 我爷爷留下
　　　　的家底儿!

靳伯安　是呀，京城玩虫儿的主儿，谁不知道您爷爷!

蝈蝈李　当年他在寿王府当虫儿把式。寿王爷爱斗虫儿。那年，他伺候的
　　　　一只"金头虎"立冬"打将军"，一直打到最后，让寿王爷露了脸。
　　　　后来大清国玩了完，寿王爷家也败了，出府的时候，把这几样老
　　　　家具赏给了我爷爷，一直传到我这儿。想不到让庆辉这个败家子
　　　　给当破烂卖了。他说瞅着这些老家具别扭! 姥姥的，活活气死谁!

靳伯安　这就是现在人的眼光，赶时髦呀! 李爷，你我都是耳顺之年了，
　　　　儿女的事儿，值不当发这么大的火儿。其实，您是伏天下大雨，
　　　　就一阵儿。

蝈蝈李　那倒是，一玩起来，什么憋闷的事儿都没了。哈哈。四爷，您这
　　　　老房子可该拾掇了。

靳伯安　由打前年落实了私房政策，搬回来没动过。地基厚实，我看且塌

不了呢。

峒峒李　那可不好说。哪天我带着家伙什儿，给您先把墙缝儿溜溜吧。（到门口又回）和尚见钱经也卖，您得留神内鬼。

靳伯安　谢李爷好意。慢走您。（送李下）

[娟子和二鹏上]

娟　子　你又跑哪去了？

二　鹏　人要点儿背，喝口凉水都塞牙。姥姥的，两千台录音机全让海关给扣了，还要罚款！

娟　子　行行，还说发大财呢？这回真发大发了！知道吗？你欠程立伟那两万块钱，人家可一直追着屁股要呢。弄得我都没脸见人了。

二　鹏　我见着他了？这孙子说只要把咱老爷子的那个元青花瓶子给他，两万的债抹了，还倒给五万！

娟　子　老爷子的瓷器谁敢动呀？

二　鹏　不动？早晚也得便宜了那个娘儿们。

娟　子　瞎说什么？那可是你后妈。

二　鹏　备不住她跟那个香港老板合伙儿，早就惦记上那件元青花了。

娟　子　你刚明白呀！现在老爷子还糊涂着呢。

二　鹏　我得把这层窗户纸给捅喽。等他们得了手，就没咱什么事了。

娟　子　沉住了气。这几天那娘儿们有点心神不定，看她下一步捣什么鬼再说。

［靳伯安从屋里出来］

靳伯安　你俩嘀咕什么呢?

娟　子　爸，二鹏说刚做成一档子甜买卖，赚钱了。

靳伯安　哈哈，他要能发财，这世上就没赔钱的了! 赚了钱好呀，以后你们孩子的入托费我可省下了。

娟　子　别呀爸，那是您亲孙子! 您不疼儿子，还不疼孙子吗?

靳伯安　跟你们真是扯不清的债。

［二鹏和娟子下］

［北屋］

马晓云　这屋里快没下脚的地方了。我看你干脆开个瓷器博物馆得了!

齐　放　还真备不住。等着吧，有这一天!

马晓云　说你咳嗽就喘上了。

齐　放　你以为呢? 我要的《中国陶瓷史》买到了吗?

马晓云　三句话不离瓷器。瞧你穿的! 我给你买衣服的钱呢?

齐　放　（拿起一件瓷器）让我买它了。

马晓云　真拿你没辙! 掉进瓷器堆里出不来了! （拿出书）跑遍了全北京的书店，才找到这么一本。

齐　放　（看书，激动）知音呀! 晓云，你真是我的好媳妇! 我妈要是活着也得这么夸你。

马晓云　又来了？你眼里有谁？瓷器！

齐　放　不，我的眼里还有你。你的位置谁也无法取代，你是我心中的女神！

马晓云　拉倒吧！这话是嘴对着心吗？

[靳伯安在外喊：齐放！]

齐　放　靳伯伯。

靳伯安　到我屋，有句话要跟你说。

齐　放　好。（进西屋）

靳伯安　齐放，那个香港林老板有没有单独跟你见面？

齐　放　没有。我就纳这个闷儿，林老板为什么死盯着您的元青花不撒嘴？
　　　　难道有什么玄机？

靳伯安　花好蝴蝶才来。好东西就怕被人贼上！

齐　放　（从博古架上拿起元青花瓶欣赏）太精美了！你怎这么有魅力？这
　　　　么迷人呢？

靳伯安　（沉思）唉，这件元青花是我爷爷的朋友英国人查理先生临咽气前，
　　　　送给他的念物。查理的父亲是古玩商，他是从中东商人手里得着的。
　　　　传到我父亲手里，爱它如命。当时京城的古玩行，包括我父亲都
　　　　认为它是明永乐青花，所以把他开的古玩铺的字号，改成了大明斋，
　　　　拿它当镇店之宝。

齐　放　原来大明斋的字号是这么来的。

靳伯安　你应该知道，元代景德镇的青花瓷器主要是出口外销，在国内流
　　　　传极少。直到北京解放，收藏界一直认为元代没有青花瓷。但这
　　　　之前，我父亲在欧洲做古玩生意时，看到了英国人霍布逊发现元
　　　　青花的论文，也看到了元青花的实物，经过考证，断定自己手里
　　　　这件器物是元青花。回国后，还发表了一篇论文。可惜学术界不认。

齐　放　学术界跟古玩行历来眼光不同。

靳伯安　只有一个人眼毒，就是程立伟的爸爸程子元。他是文物商店的鉴
　　　　定家，一直憋着把这件元青花弄到手。为了它，我没少吃苦呀！
　　　　知道吗？这个瓶子的命运就是人的命运。

齐　放　您手里的每件玩意儿都有故事。

靳伯安　故事还没完呢。齐放，你看着我！嗯，是不是心里有事儿？

齐　放　（一愣）没有，有事我能不跟您说吗？

靳伯安　有没有古玩商找你买东西？

齐　放　（犹豫）没，没有。

靳伯安　嗯，简单的事重复做，就是专家；重复的事用心做，才是赢家。
　　　　你还年轻，玩古玩可不能抖机灵。人无论做什么，只有两种结果，
　　　　一种是笑话，一种是神话。

齐　放　您放心，我不会玩出笑话来的。

［宝二爷和陈老板上］

宝二爷　齐放在吗？

齐　放　（应声出）在呢！

宝二爷　行呀齐放，隔着门缝吹喇叭，名声在外了。我没看出你是爷，有
　　　　拿你当爷的！这位是陈老板，慕名想跟你在瓷器上盘盘道。

齐　放　盘道？好呀！请进吧。

靳伯安　（在门口自语）添一个香炉，多一个鬼。古玩有假，戏法无真！

［关婶端着汤药从里屋出］

关　婶　把它喝了吧，我又给你加了两味药。

靳伯安　（喝药）药如果能治心病，那还是心病吗？

关　婶　既然不想把瓶子卖给人家，还想那么多干吗？

靳伯安　古玩行人心叵测，大面儿上是玩古玩，其实玩的是人心。你以为
　　　　姓林的香港人跟你说的都是实话吗？

关　婶　其实我们有许多年没来往了，他是通过朋友打听到我，才写了那
　　　　封信。我已经明确告诉他，你的收藏我从来不问，有什么事让他
　　　　直接找你，可你又不想见他。

靳伯安　他现在已经用不着见我了。

［齐放家］

宝二爷　陈老板是新加坡的大古玩商，铺底子可比香港的林老板厚实。想

看看你手里的玩意儿。

陈老板　是呀，听说齐先生是京城大玩家。

马晓云　宝二，是你跟陈老板吹牛吧?

齐　放　玩家哪敢当? 我是瞎玩。

陈老板　哪里，看你的藏品蛮多的嘛。这次来北京见了几位藏家，实在不敢恭维。

齐　放　我的玩意儿都在这儿摆着，看吧，估计您还是不敢恭维。

陈老板　(看瓷器) 齐先生的好东西恐怕不在这里吧?

宝二爷　还是陈老板眼毒，好东西谁摆在明面儿上呀?

马晓云　齐放，把那个粉彩瓶子拿出来让他看看。

齐　放　(犹豫) 等等，我看看他到底是什么路数。(转身) 陈老板找我恐怕是另有用意吧?

陈老板　这话怎讲?

齐　放　难道你没听说京城有位大玩家手里有件元青花吗?

陈老板　元青花? 实不相瞒，仿品太多，在东南亚没人敢收藏这东西。

宝二爷　靳四爷拿他手里的那件元青花还当宝贝呢。连林老板也不收它了。

齐　放　(一愣) 是吗? 那陈先生想收什么?

陈老板　"下三代"康雍乾的官窑。

宝二爷　齐放把你手里的好东西拿出来吧，给京城玩家拔拔份儿。

齐　放　晓云，把咱看家的瓶子拿来！

[马进屋取粉彩瓶，宝欲接]

齐　放　慢，看瓷器得这样，懂吗？

[马将瓶放桌上，陈掏放大镜端详]

陈老板　啊！这器物我找了十多年，终于见到它了！

宝二爷　我说什么来着，别瞧齐放才玩了几年，手里有好物件。

陈老板　（拿出画册）这是上了拍卖图录的器物。看看是它吧？十年前在香
　　　　港苏富比拍卖会上，这个瓶子跟我失之交臂，我一直在寻找它。

齐　放　（看画册，对马示意）哦？

宝二爷　我真佩服你的眼力！

陈老板　（对瓶爱不释手，复坐）齐先生，现在北京的收藏市场刚起步，
　　　　正是收东西的时候，我想你手里一定缺少资金。

齐　放　您是什么意思？

马晓云　想收这个瓶子吗？

陈老板　果真如此，这趟北京不虚此行。

马晓云　您能给个价儿吗？

齐　放　宝二知道，我手里的玩意儿从来不卖。

宝二爷　那也得分什么瓷器，给什么价不是？

陈老板　既然齐先生不肯出手，我也就不夺人之爱了。

宝二爷　（对齐低语）他可是财神爷！

齐　放　他爱什么爷什么爷，我说不卖就不卖。

陈老板　那好，我尊重齐先生的意见。宝先生咱们告辞吧。

宝二爷　等等，我再跟他说句话。（到齐面前）齐放，再绷着了，黄瓜菜
　　　　可就凉了！

马晓云　既然陈老板相中了这瓶子，我作主，开个价吧！

陈老板　（拿瓶又看）这不是拍卖会，我们不讨价还价。100 万人民币，
　　　　我收了！

马晓云　（吃惊）100 万！

宝二爷　100 万！陈老板，我再问一句，100 万是吗？您再重复一遍！

陈老板　100 万！没有问题的。

宝二爷　100 万！齐放，眨么眼的工夫，你可就是百万富翁了！

齐　放　（佯作深沉）既然陈老板执意要买这个瓶子，那我只好忍痛割爱了。

陈老板　这么说你同意了？

齐　放　我办事向来吐口唾沫是个钉。

陈老板　（从皮包里取钱）那好，这是一万元定金，那 99 万，我给你现钞。
　　　　新加坡银行取现金兑换人民币，手续繁琐，等我 20 天。20 天后
　　　　我来取瓶子，当面把现钞给你。我们立个字据，算是合同好吗？

齐　放　不必了，你把定金都给我了，我还信不过你？

陈老板 看来齐先生是个爽快人。我们君子一言……

齐　放 我候着您。

马晓云 （低声）宝二爷，这事儿你可先别说出去，回头不会让你白忙乎。

宝二爷 弟妹，这事儿还用嘱咐吗？放一百个心，我的嘴贴着封条呢。（宝、
　　　　陈下）

马晓云 （激动）齐放，100万呀！这回你可真成大玩家了！

齐　放 先别激动，我得琢磨琢磨跟瓶子的本主怎么交代？

马晓云 把10万给他们，就说咱们把瓶子卖了！

齐　放 10万，上哪儿找去呢？

马晓云 20天，怎么着也能借到这笔钱。

齐　放 （沉思）嗯，舍不得孩子打不着狼，我有主意了。

［幕缓缓落下。］

第三场

[时间：20 天以后，景如前场。]

[地点：西屋靳家。]

[幕启时，靳伯安在摆弄瓷器，常茂推着自行车上。]

常　茂　四大爷在吗？

靳伯安　哦，茂儿来了，屋里坐吧。

常　茂　四大爷，林少雄变戏了。嚷嚷要买您的元青花，闹得满街筒子人都

　　　　知道了。可这两天宝二放出风来说他又不买了，要回香港，您说

　　　　他这是玩什么呢？

靳伯安　东西还没到手，他能善罢甘休吗？

常　茂　您说他这是瞒天过海，玩声东击西呢？

靳伯安　从我这儿下不了嘴，他得想别的辙。我现在最不放心的是齐放。

　　　　他呀这会儿，看得见台前看不见幕后。

常　茂　用不用我把这底告诉齐放？

靳伯安　先不要打草惊蛇，看看姓林的下一步棋吧。

常　茂　程立伟跟宝二走得挺近。小程子的买卖正缺钱呢。

[北屋齐放家。齐放吃饭，老齐要去上班]

老　齐　齐放，这些日子，你跟宝二出来进去的折腾什么呢？

齐　放　我每天干吗，都得跟您汇报吗？

老　齐　我得给你打打预防针。知道吗？西屋的二鹏倒腾进口录音机，让海关给扣了。

齐　放　他的东西被扣，碍着我什么了？

老　齐　我说什么你都听不进去。唉，思想意识呀！太自负了你，留神别栽跟头！（下）

齐　放　（拿出粉彩瓶）栽跟头？等着瞧吧，我会让你知道什么是玩家！（马晓云上）

马晓云　我打听出来了，那两个古玩商，从你这儿拿走 10 万，已经回南方了。想不到这次宝二爷会帮了咱们大忙。10 万，要不是他借你，这笔大生意就得黄了。

齐　放　10 万，可不是小数，他怎么这么顺当就弄来了呢？我一直怀疑这里会不会有什么猫腻？

马晓云　宝二没什么心眼儿，有奶便是娘。他认识的人多，路子又野。嗐，反正把钱借到手了，等那 99 万到手，还他就是了。

齐　放　钱呀！我要是手里有厚实的资金，也不至于跟宝二这种人张嘴。

[院里娟子喊：这是谁的自行车呀？]

［西屋靳家］

常　茂　我的。这就来！（对靳伯安）让您这么一点拨，我心里有底了。四

　　　　大爷我先回去了。（出门挪车）

［齐放出］

齐　放　茂儿哥来了？

常　茂　听说你新收上来一件康熙粉彩瓶子？

齐　放　（佯笑）茂儿哥耳朵够长的。

常　茂　看来你是瞧不起我这个卖菜的。得了，不愿露，我也不问了。

齐　放　有个新加坡古玩商来北京收活儿，茂儿哥听说了吧？

常　茂　你说的是陈老板吧？

齐　放　对。

常　茂　新加坡人？哈哈，他倒没说是美国人！福建走私电子表的。

齐　放　（惊）你见过他？

常　茂　见他？他早闪了！

齐　放　啊？

常　茂　电子表玩砸了，欠一屁股债，人没影了。你跟他打过交道？

齐　放　我就不能问问吗？

常　茂　兄弟，古玩界水深，你得留点儿心眼儿。有空儿聊，回见。（推车下）

［齐放自语：闪了？进屋］

齐　放　（困惑）听常茂说陈老板没影了？

马晓云　是吗？他取瓶子的期限已经过去两天了，宝二也几天不照面了。

　　　　这个陈老板不会是骗子吧？

齐　放　骗？他骗我什么？一万块钱还押在这儿。

马晓云　找宝二问问到底怎么回事？

齐　放　急哪门子呀？不是刚过两天吗？

[外面传来吵嚷声："想赖账，门儿也没有。"焦三的声音："马上拿钱，甭啰嗦！"]

[二鹏带着醉意，跌跌撞撞上。娟子从西屋出]

娟　子　外面那些人嚷什么？

二　鹏　一帮倒儿爷，甭搭理他们。（一屁股坐下）

娟　子　呦，你这是喝了多少酒呀？

二　鹏　这帮人，什么东西！

娟　子　还撑着你那张脸呢，人家要债都找上门来了！

二　鹏　先甭管他们！去，把老爷子的那个元青花瓶子拿过来，我答应程立

　　　　伟了！

娟　子　说什么酒话呢！要拿你去拿！

[焦三和两个小伙子上]

焦　三　二鹏，甭要骨头！怎么茬儿，不敢照面了是吧？

二　鹏　我借的是程立伟的钱，有你什么事儿？

焦　三　费什么话呀？程立伟是我姐夫！

娟　子　焦三，咱们可都老街坊了，干吗把人往绝路上逼呀？

焦　三　不是我不局气，他欠我饭馆六百多饭钱，我说什么啦？欠我姐夫的钱，人家等着用。二鹏，甭赖账，今儿不把钱拍出来，想出这个门？姥姥！

二　鹏　（进屋抄起一把菜刀出来）好！你也别想出这个门！

焦　三　（急）干吗？玩混的，是个儿吗你？

娟　子　二鹏你要干吗？

二　鹏　要钱没有，要命有一条！

娟　子　你不要命，这一大家子人还想活呢！

[齐、马从北屋出]

齐　放　三儿，都是发小儿，干吗呀你这是？

焦　三　没你的事，少掺和。

二　鹏　谁也别拦着我，我跟兔崽子拼了！

[靳伯安从屋里出]

靳伯安　拿刀动杖的要干什么？你要是我儿子，就不会干出这种缺心少肺的事儿。拼！没人拦着你！

二　鹏　（把刀一扔，颓丧坐地）我……我不是人！

靳伯安　业障呀，祖宗的脸都让你给丢干净了。靳家在京城做了200多年的买卖，欠过谁一个大子儿，你们打听去！

齐　放　焦三，二鹏欠程立伟多少钱？

焦　三　两万！

齐　放　跟程立伟说，这两万算我的，两天以后，我一分不少还他！

娟　子　真的吗？齐放！褃节儿上你算救了二鹏。

焦　三　行，齐放够爷儿们！咱可不能来虚的。

齐　放　不就两万块吗？还跟你来虚的！

焦　三　行，是玩家的范儿。得，四大爷，让您受惊了。（转身对那两青年）
　　　　　咱们走！（下）

靳伯安　齐放，我有话跟你说。

齐　放　嗯，到我们家聊吧。（二人进北屋，马晓云跟进来）

靳伯安　凭你的眼力看，焦三是来追债的吗？

齐　放　难道他有别的目的？

靳伯安　说是程立伟，实际上他们身后都是一个人。

齐　放　谁？

靳伯安　林少雄！姓林的是双管齐下！钱让宝二和程立伟绑到了一块。为
　　　　　了靳家的元青花，真是煞费苦心呀！

齐　放　有那么复杂吗？

靳伯安　林少雄在跟我斗法。你和二鹏哪有这法眼？谢谢你刚才替我圆了

元青花

场。两万块钱像气儿吹似的。你哪来的那么多钱？

齐 放 靳伯伯，既然您说到这儿了，也别掖着藏着了，我收了一件官窑
瓷器。（取出粉彩瓶）您上眼。

靳伯安 （对瓶端详）康熙粉彩，多少钱收的？

齐 放 10万。从釉色到窑口绝对真，而且我找好了下家，开价100万，
已经交了一万定金。

靳伯安 为什么还没拿走？

齐 放 我估计就这一两天。

靳伯安 所以你才跟二鹏许愿，替他还那两万的债。

齐 放 对。

靳伯安 你那10万跟谁借的？

齐 放 宝二帮的忙。

靳伯安 （陡然色变）宝二？唉，糊涂呀你！

齐 放 靳伯伯，您……

靳伯安 齐放呀，气走迷津了你！眼睛光盯着瓷器，怎么看不到瓷器以外
的事呢？唉，为什么不早告诉我？

齐 放 难道我打眼了？

靳伯安 （指着瓶子）高仿！20年前，我就见过这瓶子，谁烧的我都知道。
聪明反被聪明误。你呀！果然不出我所料，他们在你身上得手了！

（几乎昏倒）

齐　放　靳伯伯!

马晓云　（从里屋出）怎么啦?

齐　放　快把靳伯伯扶回屋!

[马扶靳回西屋]

齐　放　（木然看瓶）赝品? 它会是赝品!

[宝二爷上]

宝二爷　齐放，犯什么愣呢?

齐　放　宝二，我正要找你。新加坡的陈老板怎么一直没露?

宝二爷　陈老板露不露跟我有什么关系? 我只知道你借的 10 万该还了。

齐　放　10 万? 10 万! 知道嘛，这瓶子是假的!

宝二爷　那是你自己玩砸了，怪谁呀?

齐　放　宝二，跟我玩卑鄙的是吧?

宝二爷　（冷笑）玩家的辞典里可没有卑鄙俩字! 实话跟你说吧，这 10 万
　　　　是我跟香港的林老板借的。

齐　放　什么? 跟他借的?

宝二爷　10 万，他可以不要，但只要一样东西。

齐　放　要什么?

宝二爷　靳四爷的元青花!

齐　放　（急）什么？要元青花？

宝二爷　人家林老板玩的局气，只要那件元青花到手，他情愿给你 20 万！

齐　放　那你除非要我的命！

宝二爷　是爷说的话！（掏出借条）可你别忘了这是谁写的！甭费话，10 万，

　　　　立马儿掏出来吧！

马晓云　原来这是你们下的套儿！

齐　放　你们这是逼我玩命吗？

宝二爷　哈哈，这不像一个玩家说出的话！

马晓云　（与齐低语）现在只有一条路了。

齐　放　什么路？

马晓云　我妈！

齐　放　找她，不等于找靳伯伯吗？

马晓云　让她劝靳伯伯舍了那件元青花。

齐　放　怎么可能？那是靳家的传家宝呀！

马晓云　（急）你说还有什么路可走？

[靳伯安在西屋喊："住手！我看谁敢动它！"齐放、马晓云跑到西屋]

二　鹏　瓶子在我手里，您要动手，我就摔了它！

靳伯安　混账东西，你敢！

关　婶　看在儿子的份儿上，您就舍了吧。

靳伯安　造孽呀！二鹏，把瓶子给我放在那儿！

二　鹏　（把瓶放桌上）您说怎么办吧？

靳伯安　唉，已经逼到悬崖边，还能说什么？

齐　放　靳伯伯，这个瓶子不能出手呀！

靳伯安　身子掉到井里了，耳朵还挂得住吗？他们要干吗？（指瓶子）唉，
　　　　都是冲着它来的！

齐　放　靳伯伯，我……我对不住您呀！

靳伯安　（自言自语）拿去吧，拿去吧！哈哈，林少雄呀，这盘棋你赢了！

齐放、晓云　靳伯伯！

靳伯安　（恍惚）我说过九方皋相马，看到的不是马本身，看到的是什么？
　　　　你们说看到的是什么？（踉跄地走到台口）玩？你们玩的是瓷器
　　　　吗？姓林的，你是胜者吗？胜者？记住了，在时间面前没有胜者！
　　　　走着瞧吧！

众　人　靳伯伯！

[关婵扶靳伯安。灯暗，幕落。]

第
一
幕

第一场

[时间：10 年以后，秋天。]

[地点：齐放新开的古玩店，带有茶馆与沙龙性质，是众玩家喝茶聊天交易古
　　　玩之地。分为大堂与办公室两个空间。]

[幕启时，八九位玩家及寿五爷在大堂喝茶聊天，马晓云在张罗大伙喝茶。]

玩家乙　寿五爷别白嘴儿涮肠子呀？来段解闷儿的。

玩家丙　是呀，今儿给我们来段什么呀？

寿五爷　您瞧，玩到现在，我只能玩嘴皮子了，听我的段子可要酒钱。

玩家丙　给您预备着呢。

[靳伯安、常茂上，众人纷纷打招呼：四爷好！]

马晓云　靳伯伯可是稀客。

靳伯安　我是路过，看看齐放。

马晓云　他出门了。您坐，我这就给您上茶。

靳伯安　甭张罗，我坐不住。

玩家乙　（对玩家甲）靳四爷难得一见，您那件乾隆瓶子还不让他给掌眼量
　　　量。

玩家丙　你是打算收藏，还是卖呀？他是真行家，眼里不揉沙子。一句话，

　　　　您的玩意儿可就判死刑了。

玩家甲　得，那我先留着玩吧。

[王小民上]

常　茂　小民，又淘换到什么宝贝了？

王小民　（从包里掏出瓷瓶）让你开开眼。（见到靳）呦，四大爷在呢！

　　　　算我造化，碰见大师了，劳您慧眼给个身份。

常　茂　行嘿，小民真是上道儿了，来不来就让人开开眼，一张嘴给个身份。

　　　　什么宝贝？

王小民　先上眼，再说话。

玩家丙　靳四爷在这儿，谁敢说话？

靳伯安　玩你们的，我跟寿五爷聊几句。

常　茂　（看罐冷笑）嗯，没年款，拿着也压手，哪儿淘换的？

王小民　老窑，人家说是宫里的玩意儿。

玩家甲　嗄，皇上玩的。

王小民　实话告诉你，这叫元青花。

玩家甲　（看罐）噢，元青花！得，您收好吧，留着上拍卖会。

玩家乙　元青花？当着靳四爷的面，您敢说元青花！忘了 10 年前那个

　　　　茬儿？

玩家丙　备不住老爷子还窝着火。

王小民　那又怎么了？世上又不是只有一件元青花。

玩家乙　可那是靳家的传家宝呀！

靳伯安　（听见）元青花？哈哈，小民说得没错，10年前我拿出元青花说，
　　　　这是靳家的宝贝，没人犯疑。现在我再说这句话，估摸着，十个
　　　　人有九个会摇脑袋了。没见拍卖会上有多少元青花吗？

玩家丙　可真有人买呀！

玩家乙　是呀，上个月香港拍卖会拍出一件，980万！

王小民　980万！姥姥的！够我们剧团一百多号人吃一年的。四大爷，你
　　　　看我这件元青花值不值那个数？

玩家乙　甭让四爷劳神了，我给你量量活。您这件往少了说也得900万！

王小民　四大爷受累，说句话吧。

靳伯安　干吗，你们这是蒙傻小子呢？老北京古玩行管这叫"洒金"，给
　　　　人一个价儿，让人家把玩意儿砸手里，永远做着发财梦。

常　茂　四大爷，给他开开窍。

靳伯安　小民，认识你十多年了，你拿出来的玩意儿，都挺有身份，不是
　　　　皇上用过的，就是王府里出来的。你怎么不动动脑子，皇上玩的
　　　　玩意儿能轻易到你手里？

王小民　这叫捡漏儿。

玩家甲　碰上一根筋的主儿，您有脾气吗？

玩家丙　你还让不让四爷说话了。

王小民　说吧四大爷，我承受得住。

靳伯安　唉，世上最难的是说真话呀！

王小民　啊，我又打眼了？

靳伯安　张嘴就是元青花，知道什么叫元青花吗？

玩家甲　您给大伙点拨点拨吧。

常　　茂　青者，青色也。花者，花纹也！它是元代末年，景德镇窑用进口的钴料在瓷胎（读摊儿）上绘画，罩上透明釉儿，在 1300 摄氏度的高温下一次烧成的，因为釉下钴料在烧成之后，变化出的色儿是蓝的，所以叫青花。

玩家乙　敢情青花是这么来的。

靳伯安　你们知道吧，新中国陶瓷考古的一大收获，就是在元大都遗址发现了 10 件窖藏的青花瓷器，由此证明了元代确有青花瓷。可在此之前，行里没人认。

玩家丙　元青花到底什么样？

靳伯安　真正的元青花胎厚，体重，拿着压手，色泽浓艳，青翠明亮，光润自然柔和，釉面儿影影绰绰带有黑色的斑点，行话也叫沙眼，通常器底没釉儿，这种进口钴料到明代就没了。以后烧出来的青

王小民

花瓷，都不如元青花色泽青翠，釉面的光显得愣。你们看这个罐子，釉面的光泽都晃眼了，这叫"贼光"。行家一眼就能看出来是现代的高仿。

王小民　四大爷，别人拿出来的玩意儿都是真的，到我这儿怎么就成高仿了？我找人看过，说是真正的元青花！

玩家甲　你什么时候候认过栽？

靳伯安　哈哈，小民没打眼，是我打眼了。玩嘛，不冤不乐。看着喜欢，多少钱都值。

玩家丙　我要说这种作旧高仿，潘家园地摊儿10块钱一个，你准得跟我急。

王小民　嘿嘿，我还真在摊儿上买的。要价五千块，我杀价儿，给了二百五十块。

玩家甲　哈哈，够二的！

玩家乙　二百五十块买元青花？玩什么呢？别这儿现眼了！

靳伯安　光脑袋的不一定都是和尚。谁也甭抖机灵！元代的青花瓷现在全世界公认的只有300多件，国内专家认可的也不过60多件，大都在博物馆里藏着呢，能到你手里？想去吧！

玩家丙　原来如此！

玩家乙　现在满大街都是元青花，是真是假还用说吗？

玩家甲　小民砸了它吧，麻利儿的！

靳伯安　其实，高仿并不新鲜，从明朝开始就有高仿，不但"民窑"有，"官窑"
　　　　　也有。民国的时候，北京的"德泰"，天津的"同泰祥"是有名
　　　　　的仿明清"官窑"瓷器店，仿得极其逼真，让许多古瓷的玩家都
　　　　　打了眼。但那会儿人讲德行，仿的瓷器大部分用御制款，不用年款，
　　　　　比如仿乾隆"官窑"的底款是六个篆字，他故意在"制"字的上
　　　　　边少半笔，怕年头长了，鱼目混珠，分不出来。永乐甜白高足杯，
　　　　　真品是"永乐年制"，他们却用"大明永乐年制"，加以区别。
　　　　　这都是老北京古玩行的德行。

玩家丙　现在谁还讲这些？

常　茂　四大爷，李教授还在家等着您呢。

靳伯安　晓云，我告辞了。跟齐放说到家找我，我有话跟他说。

马晓云　得，您慢走！

［众人打招呼："四爷，慢走！"］

［靳、常下，蝈蝈李拄着拐，拎着鸟笼子上，众人纷纷跟他打招呼："李爷！"
　　　　"李爷来了！"］

蝈蝈李　晓云，小齐子呢？

马晓云　（接过鸟笼子）李大爷，他都什么岁数了，还叫他小齐子。

蝈蝈李　我可是看着他长起来的。这小名儿叫顺了嘴，一时还改不了口儿了。
　　　　对了，现在他可成玩家了。

马晓云　在您面前他哪敢称玩家呀？您找他有事儿？

蝈蝈李　嗯，我来看看他。

马晓云　他出门了，一会儿就来。

玩家甲　李爷，五六年没见了，您这腿……

蝈蝈李　哈哈，让我给玩丢了。

马晓云　您不知道？李大爷五年前，那么……

蝈蝈李　甭刮大风吃炒面，张不开嘴，明说吧。

玩家乙　怎么茬儿？

蝈蝈李　五年前，阎王爷闷得慌，想把我叫去跟他块儿堆斗蛐蛐儿。您想
　　　　我能干吗？舍不得离开老哥儿几个呀！头些年，咱们想玩，日子穷，
　　　　没钱没工夫也没心思。老玩意儿都给当成"四旧"了，玩什么呀？
　　　　现在好不容易赶上了太平日子，老运来了，想跟老哥儿们踏踏实
　　　　实玩几年。这么着就走，对不起这年头！我呀，跟阎王老子说，
　　　　爷还没玩够呢！阎王老子听我这么一念叨，说再给你几年阳寿，
　　　　玩去吧！得，我就成了"铁拐李"了。哈哈！

马晓云　五年前，李大爷腿上长了一个大包，上医院一查是骨癌。大夫说得
　　　　锯腿。他说别都锯了，给我留一条。锯下一条腿，他没事儿人似的，
　　　　玩得比以前更欢了。

蝈蝈李　做手术那天才有乐儿呢。我揣着俩葫芦上的手术台。大夫听着蝈

蝈儿叫，给我开的刀。手术完了，我说得了，给你们留个念想儿，让这俩蝈蝈儿陪你们玩吧。

玩家甲　真是一位爷！

马晓云　李大爷坐下聊吧。

蝈蝈李　（听见蛐蛐儿叫）哎，谁的"抹子？"

寿五爷　惭愧，李爷，让您的耳朵受委屈了。

蝈蝈李　呦，寿五爷也在这儿玩儿呢！

寿五爷　玩儿，没您不热闹。

蝈蝈李　您老抬举我，听听这个。（掏出蛐蛐儿罐递过去）

寿五爷　（看）哦，"翅子！"

马晓云　什么叫"翅子"？

寿五爷　玩蛐蛐儿，武讲善斗，文讲听音儿。真正的罐家讲究听"翅子"。"翅子"是百里挑一，叫出的音儿低，但音宽浑厚，有韵味儿。它一叫，其他虫儿都不叫了，所以有"翅子"压百音儿一说。

玩家甲　难得一见！

玩家乙　噢，我睄睄。（细看）

蝈蝈李　当着寿五爷，我不说海话。当年我爷爷养的一只"翅子"压了百音儿。那年头，讲究秋后听蛐蛐儿叫。他怀里揣着这只"翅子"进颐和园，让慈禧老佛爷听见了，把它要了过去，听了一冬。

马晓云　慈禧太后都玩过您爷爷养的虫儿?

玩家甲　"蝈蝈李"是当年寿王爷赏给他爷爷的绰号，没错儿吧，五爷?

寿五爷　那还有假!

蝈蝈李　（回头）哎，您回身的时候留神那鸟笼子。

寿五爷　李爷的鸟笼子可是紫檀条子，鸟食罐是乾隆年的粉彩。

蝈蝈李　（得意）这叫四罐加一"抹"，满堂! 哈哈。正经宫里的玩意儿，

　　　　靳四爷送我的。

寿五爷　有人出 20 万，李爷愣没动心。

玩家乙　李爷真是老派儿（念盼儿），玩什么有什么。

王小民　四个鸟食罐就值 20 万?

玩家乙　你的眼睛能看出这个来，还在地摊儿上买元青花? 这可是官窑。

蝈蝈李　呦嗬，小民呀，上礼拜庆辉给我买的票，在长安大戏院听了你一场

　　　　戏，《失街亭》里的马谡，扮相儿、气口儿够范儿，快成角儿了吧?

王小民　您净捧我。我是救场。那戏份儿是我们团杜先生的。我都几年没

　　　　上台了。

蝈蝈李　我说你怎么玩上瓷器了? 玩，别扔了主业，我还等着听你的戏呢。

王小民　您等不着了。这几个小鸟食罐 20 万，我在台上唱一年能挣多少钱

　　　　呀?

蝈蝈李　爷们，这可不能比。唱戏是你的本功儿，那是饭碗，瓷器是玩意儿。

你说它值 20 万，就 20 万，你说它值 500 就 500，别指着它吃饭。

王小民　几年前齐放在山西捡了个大漏儿，两百块钱买的康熙粉彩盘子，拍了 300 万。别人玩，能捡漏儿。我就不信捡不着！得，李爷你们聊吧，我告辞了。（下）

玩家乙　这位爷可真是气迷心。

蝈蝈李　人呀，就怕走火入魔，让玩意儿给玩喽！

[宝二爷上]

宝二爷　嚄，几位爷都在这儿玩呢。晓云，齐老板呢！

玩家甲　又来一位爷，这儿快成神仙会了。

玩家乙　宝二爷，哪儿漂着呢？

宝二爷　漂着？这叫什么话？（掏出名片）得，"片"你一下。

玩家乙　嚄，文化发展公司总经理，拍卖公司顾问。这名儿也爱新觉罗啦！行呀，如今宝二爷也成玩家了！

宝二爷　玩家？说得没错儿！乱世黄金，盛世收藏。现如今人们有钱也有闲了，都摽着膀子玩起古董来。天上掉下一块陨石，砸着十个中国人，有九个是玩家！话又说回来，靳四爷那茬人现在也玩不动了，该轮到咱们爷们玩了。

玩家甲　您，最近玩什么呢？

宝二爷　瞧瞧我手里拿的是什么？

玩家丙 大疙瘩。

宝二爷 大疙瘩？还大脓包呢！这叫大哥大！移动电话知道吗？拿着它走
到哪儿都能通话。

玩家丙 宝二爷净玩时髦玩意儿。

宝二爷 谁说的？咱北京人守着皇城这块风水宝地，玩？还得玩国粹。老
祖宗给咱留下的玩意儿且玩呢！

玩家乙 您现在玩大了，前几天看见你在电视上白唬，鉴定家啦！

宝二爷 那算什么？玩嘛。（从箱子里取出一个瓶子放在桌上）带来一样
好玩意儿，让各位开开眼。

玩家乙 （拿起瓶子）我养养眼。这罐儿有点儿意思。

宝二爷 看着好，就拿去玩儿。

玩家丙 不会是摊儿上的东西吧？

宝二爷 骂人呢！明说吧，宫里的玩意儿。

玩家乙 宫里的？

宝二爷 别忘了，我可是王爷的后代。当年我们老太爷跟光绪皇上吃过饭，
陪慈禧老佛爷听过戏，跟几位王爷下过棋，宫里的玩意儿看上什么，
老佛爷一句话：拿着玩去吧。想当年，我们家里的瓷器，一水儿
的官窑。别说你们了，有的瓷器靳四爷都没见过。

玩家乙 这么说，这件瓷器沾着皇气儿呢？

宝二爷　敢情！

蝈蝈李　这是什么蛐蛐儿叫呢？

宝二爷　呦，李爷！您戳什么腔儿呀？

蝈蝈李　（冷笑）扎彩匠不给佛爷磕头，知道他是哪块泥。你以为我的耳朵
　　　　没在你这儿吗？王爷的后代？你倒真敢开牙。真正的王爷后代，
　　　　寿五爷还没说话呢，哪儿就轮到你了。

寿五爷　他说他是皇上的后代，谁查他家谱去？

蝈蝈李　宝二是什么秧子，我还不知道吗？你们老太爷什么时候当王爷了？
　　　　他是干什么的？王爷府喂马的！跟我爷爷一样，都是把式！来不
　　　　来你是王爷的后代？你以为身上插根羽毛，就成凤凰了？

马晓云　李大爷，别生气。

玩家甲　是呀，李爷消消气，他这不是玩吗？

蝈蝈李　玩？没他这么玩的！头年我儿子庆辉从他手里花 20 万买了一幅八
　　　　大山人的《石榴》，他说是宫里的。让行家一掌眼，赝品！这茬
　　　　儿我还没找你说道说道呢。这会儿又拿一个破瓶子来蒙事儿。宫
　　　　里的！我摔的就是你这个宫里的玩意儿！（举瓶欲摔）

众　人　（急）李爷，您别！

蝈蝈李　摔？他敢吃了我？这破瓶子，潘家园十块钱一个。

玩家乙　可您把它摔了，就真成宫里的玩意儿了！

寿五爷　李爷，咱没法玩了！

玩家甲　（接瓶放桌上）你赶紧收好吧！

宝二爷　（解嘲）什么叫抬杠长学问呀？李爷净跟我逗咳嗽。摔？他舍得吗？
　　　　李爷，庆辉那幅画早晚有人要。现在20万，等着瞧，过几年100
　　　　万也打不住！

玩家甲　你少说两句吧，别得了便宜卖乖。

玩家乙　（对寿五爷）这器物到底是什么？

寿五爷　皈依瓶，是个老玩意儿，宋代流行的随葬器物。那会儿人迷信，
　　　　死人入葬，用这种瓶子纳阴魂，怕魂儿散了，所以又叫招魂瓶。

玩家乙　啊？死人用的！

玩家甲　晦气，谁家里敢摆这个？

玩家丙　（拿报纸）瞧瞧嘿，在香港拍卖会买元青花的那位神秘买家，在报
　　　　上露面儿了，敢情是咱北京爷！

玩家乙　谁？

玩家丙　姓程，但没说名儿。

玩家乙　八成是程立伟！

玩家甲　他？为一个瓶子敢攮九百多个！

玩家丙　京城的地面儿藏龙卧虎，玩家向来真人不露相。

[齐放上，众人纷纷打招呼。]

玩家乙 （手拿瓷器）齐放，等你半天了，这物件您给量量活。买家就认您的眼力。

齐　放 对不住了。我早不给人看东西了。

寿五爷 不知道吗？十年前他就起了关门誓，不给人量活了。

宝二爷 （递请柬）兄弟，给我个面子。这家文化公司特邀你当文化顾问，挂个名儿，每月干拿俸禄。

烟烟李 齐放，十年前那个茬儿没忘吧？

宝二爷 玩家不打不成交。十年前那点儿事，我们哥儿俩早就过眼云烟了。

齐　放 是呀，人总得往前看。

烟烟李 但得留神脚底下。

齐　放 宝二，谢谢你的好意，什么专家呀顾问呀，我对这些不感冒。对不住了！

宝二爷 （手机响）啊，是梁桑？嗯嗯，好，马上过去，您候着我。（对齐放）反正我是真心诚意邀你了，领不领情是你的事。诸位爷，你们聊着，我告辞了。（下）

烟烟李 齐放，我有话跟你说。

齐　放 咱们到里屋聊。（回身）诸位喝茶。晓云给大伙儿续水。（扶李进里屋）

烟烟李 几年不见，你变得沉稳多了。

齐　放　十年前那个跟头对我教训太深了。玩古玩不能心浮气躁。

蝈蝈李　说得对，人不怕摔跟头，就怕不长记性。

齐　放　您可别夸我。我差得远了。

蝈蝈李　齐放，刚才他们聊上拍的元青花，是不是当年靳四爷手里的那件？

齐　放　没错儿。

蝈蝈李　980万！我估摸着京城玩家敢举牌的只有两个人，一个是程立伟，

　　　　一个就是你。

齐　放　您看我有这魄力吗？

蝈蝈李　那就是程立伟了。程家父子为了得到这件元青花，整了你师傅几

　　　　十年，真到程立伟手里，他还不得疯喽。

齐　放　如果不是程立伟呢？

蝈蝈李　哈哈，爷儿们别让我揣闷葫芦了。我早知道那瓶子让你买回来了。

　　　　庆辉跟港商合作开发一个房地产项目，拍卖的时候正好在香港。

　　　　他在现场见到晓云了。

齐　放　真的？

蝈蝈李　行！你这个烟幕弹可迷惑了不少人。

齐　放　不得已而为之呀！不瞒您说，我一直没忘林少雄和宝二算计我的茬

　　　　儿，盯着这个瓶子已经十年了。所以我看到苏富比的拍卖图录上

　　　　有这件元青花，说什么也要买下来。起拍价500万，程立伟举到

900 万不敢举了。我心想，举到两千万，我也要。

蝈蝈李　嗯，是北京爷儿们！

齐　放　这算什么？当年张伯驹买展子虔《游春图》把自己的宅子都卖了。

　　　　不过，这次拍卖会上我的两件清代官窑瓷器，也拍了一千多万。

蝈蝈李　出手都够大方的！四爷没白收你这个徒弟。我问你，这件元青花

　　　　买回来，你打算怎么办？

齐　放　当然要物归原主。

蝈蝈李　咱爷儿俩想到一块儿了。这个瓶子值不值钱？值！但它也是祸根

　　　　呀！

齐　放　正因为如此，我才不能声张。李爷，您得先替我封着口儿。

蝈蝈李　放心吧！

齐　放　神秘买家？让他们琢磨去吧。

[老齐、马晓云上]

齐　放　爸。

蝈蝈李　得，你们爷儿们聊，我告辞了。

老　齐　李老坐着吧。我待不住。（拿画）齐放，你要的画好了，看看可心不？

　　　　（展画）

蝈蝈李　哟嗬，连您也玩上了？

马晓云　当初齐放玩瓷器，可没少挨我爸的骂。

老　齐　那都是过去的事了。当年人们一说吃喝玩乐，就是资产阶级思想。玩也被说成玩物丧志。现在我思想也解放了，人活着哪能离开吃喝玩乐呢？玩，是一种生活方式，也是文化嘛。

马晓云　这话从我爸嘴里说出来不容易。

老　齐　思想跟不上趟儿了。退了休才明白。

蝈蝈李　现在明白也不晚。得，咱们回见吧！

齐　放　您说的我都记着呢，慢走。

[马扶李下，转身回]

齐　放　爸，这画先挂我办公室，等将来我的博物馆建起来，您再给我画幅大的。

老　齐　我的画儿是自娱自乐，挂博物馆你还是找名家吧。齐放，听说了吗，程立伟在香港拍卖会花了980万买了一个瓶子？

齐　放　您信吗？

老　齐　简直疯了！你可别学他！

齐　放　收藏界的事儿您不懂，操这份心干吗？

老　齐　退休了，国家大事我也得关心呀！一个瓶子980万，这是一个贫困县农民一年的口粮呀！搞收藏也别这么玩呀！

齐　放　这是两码事，没有可比性！

马晓云　你们爷儿俩见了面就掐。爸，不是您不明白，这世界变化快呀！

老　齐　快得让我眼晕了。也是，我现在觉得自己真老了。好吧，忙你们的大事儿吧，老年书画社搞笔会，还等着我。（下）

马晓云　齐放，程立伟公开对媒体说，那元青花是他买走的。这葫芦里装的是什么药？难道想从你手里再把瓶子买走？

齐　放　他真想这瓶子，在拍卖会上，能到900万就不举牌了吗？

马晓云　那他想干吗呢？

齐　放　看不透，先冷眼静观吧。

[宝二上]

马晓云　你怎么又回来了？

宝二爷　刚才人多眼杂，有档子事儿我还没跟齐放说。

马晓云　你永远是揣着明白使糊涂。

齐　放　说吧，什么事儿？

宝二爷　还记得靳四爷的那件元青花吧？

齐　放　你说我能忘吗？

宝二爷　这个瓶子在香港拍卖会拍了980万，我要问你谁买走了，你肯定会说是程立伟。对不对吧？

齐　放　（迟疑）你是什么意思？

宝二爷　（冷笑）兄弟别演戏了。明说吧，林少雄又来北京了！

齐　放　什么？

宝二爷 昨儿请我在北京饭店吃的谭家菜。点名要见你。

齐 放 见我？

宝二爷 他已经见过程立伟了。那件元青花不是他买走的。那是谁？哈哈，玩家玩家，玩人专家，齐放，你真成玩家了！

齐 放 是我拍走的又怎么样？

宝二爷 所以人家要见你嘛。这次来他明挑：就是来找元青花的！

齐 放 找元青花？

马晓云 难道又要出什么幺蛾子？

宝二爷 我哪儿知道？我只是给你递个话。对天发誓，找你什么事他没跟我泄底。见不见？大主意你自己拿。

齐 放 他有什么脸来见我？

宝二爷 兄弟，过去的事儿早就翻篇儿了。把脾气拿出来叫本能，把脾气压下去叫本事。你琢磨去吧。

齐 放 宝二，人吧，拥有梦想是本能，实现梦想是本事。那件元青花在谁手里呢？

宝二爷 这么说你不想见他？

齐 放 你说呢？

[三人面面相觑，灯渐暗。]

第二场

[时间：几天以后。]

[地点：靳家小院。跟十年前相比，已显破旧，远处高楼林立。北房的客厅、
　　　　卧室和西房为主要场景。]

[幕启时，靳伯安在抚案写字盖章，把写好的字挂在墙上，常茂上。]

常　茂　（边看边念）"春风大雅能容物，秋水文章不染尘。"好词儿！四
　　　　大爷，这可是一点儿不染尘的真迹。

靳伯安　难说。拿到市面儿上照样有人说它是假的。

常　茂　假作真时真亦假！没辙。

[关婶上]

关　婶　茂儿来了？

常　茂　我儿子常浩他们学校校长喜欢字画，我求四大爷一幅墨宝。

关　婶　儿子上几年级了？

常　茂　都念高中了。关婶，我打听出来了，咱们这几条胡同还真要拆迁，
　　　　您猜开发商是谁？

关　婶　反正不是你。

常　茂　说出来您别瞪眼。程立伟!

靳伯安　这小子搞房地产发了大财,拆这儿拆那儿的,如今拆到我头上了。

关　婶　齐家把房腾出来才几年呀?又赶上拆迁了。

常　茂　听说他这回玩得动静可大,这一片全拆。

关　婶　拆了搬哪儿去呀?

常　茂　北郊。哼,离我们家祖坟不远。

靳伯安　拆吧,让我挪窝儿得说道说道。看他能把我这把老骨头扔在哪儿?

关　婶　人没有背着房子走的。你呀,就是嘴硬,到时候就不是你了。

[马晓云拎袋上]

马晓云　妈,您瞧我给靳伯伯买什么了?

关　婶　(看)好肥的螃蟹!吃蟹讲究七团八尖。

马晓云　快八月十五了。我知道靳伯伯好这口儿。

关　婶　他的牙口嚼得动这个?

靳伯安　谢谢晓云,总是惦记着我。嚼不动,唰啰两口也高兴。

马晓云　听我妈说您年轻那会儿,这节气口儿总要上正阳楼吃蒸蟹。

靳伯安　是呀!胜芳镇的螃蟹,地道!吃剩下的蟹夹子煮汤,放几根切碎
　　　　的油条,那味儿叫一个鲜!

马晓云　听得我都馋了。四大爷,有档子事我得跟您单聊。

靳伯安　好呀。

［靳、常进里屋］

马晓云　妈，林少雄来北京了知道吧？

关　婶　我已经见过他了。

马晓云　是吗？

关　婶　他到北京先给我打的电话，非要见你靳伯伯。我怕再惹出麻烦来，到饭店跟他见了面。他又说起那件元青花的事，什么拍了卖了的，我搞不懂他们行里的事儿，我告诉他你靳伯伯有病了，不能再给他添堵了。

马晓云　他没跟你说起齐放吗？

关　婶　他把齐放夸了一通，搞不懂他是什么意思。（看螃蟹）这螃蟹怎么爬出来了？麻利儿洗洗，上锅蒸了吧。（二人进屋）

［二鹏和娟子上］

二　鹏　见了老爷子，干脆挑明喽，让他跟林少雄摊牌，直接要那瓶子。

娟　子　想得倒美！已经十年了，吃到嘴里的东西还能吐出来？再说那瓶子林少雄已经卖了。

二　鹏　他不卖，我还不要呢！当初是他作的局，花20万把这瓶子买走的，现在拍了980万！我不管他卖给谁了，反正钱到他手上了，至少得分咱们一半！

娟　子　他要是不给呢？

二　鹏　姥姥！我告兔崽子诈骗！那瓶子是靳家的传家宝。（拿出照片）瞧
　　　　见没，我爷爷跟瓶子照的，这就是证据！

娟　子　可有人已经想到你前头了。

二　鹏　谁？

娟　子　你那后妈早跑到北京饭店，跟林少雄嘀咕去了。

二　鹏　她也想分一杯羹？门儿也没有！

娟　子　老爷子吃凉不管酸，这个家现在人家说了算。

二　鹏　哪儿就轮到她了！我是靳家的根儿。她敢要卖元青花的钱，我就
　　　　敢跟她玩命，让她扫地出门！

娟　子　真有这爷劲，你早不是今天这三孙子样儿了。

二　鹏　我把话搁在这儿，咱们走着瞧！（与娟子进西屋）

[北屋]

靳伯安　茂儿找我，恐怕不是光拿字吧？

常　茂　什么事都瞒不了您的眼睛。您知道吗？林少雄又来北京了。

靳伯安　什么事儿引蛇出洞啦？

常　茂　我也纳这个闷儿。京城的玩瓷器的都瞄着这个大佬，可他这次来，
　　　　对什么藏品都不动心。

靳伯安　哦？那他来北京干吗？

常　茂　他说只想见见老朋友。不知道他憋的是什么屁？

靳伯安　无利不起早。到手的元青花又出手，这里能没玄机？

常　茂　（一愣）难道？

［外面传来关婵的声音：螃蟹蒸好了，来吃吧！］

［二鹏从西屋出］

二　鹏　螃蟹？我看你就像螃蟹！

关　婵　你这是说谁呀？

二　鹏　谁心里长着几只爪子谁知道！凭什么不让老爷子见林少雄？

关　婵　当年因为那件元青花，把这个家搅得差点儿底朝天，我能再让他
　　　　见林先生吗？

二　鹏　不让老爷子见，你倒背后跟他约会，玩什么呢？

关　婵　二鹏，你和娟子不认我这后妈，我没什么怨言，可我毕竟是你的长
　　　　辈，话不能横着出来。

二　鹏　演员！快成角儿了吧？我可把话挑明，那件元青花临到时候也是靳
　　　　家的宝贝，你想插一杠子，门儿也没有！

［靳伯安、常茂从里屋出］

靳伯安　跟谁念秧儿呢？这个家我还睁着眼呢！

常　茂　二鹏，是不是闻到什么腥儿了？

二　鹏　我们家的事，外人少掺和！

靳伯安　混账东西，你再敢说一句！

马晓云　妈，螃蟹再不出锅，可成螃蟹酱了!

关　婶　嘻! 你倒是把火关了呀!

靳伯安　火? 我的火还没发出来呢!

关　婶　咱麻利儿回屋吧，回头你再把锅给砸喽!

[关婶扶着靳伯安进西屋。幕缓缓落下。]

第三场

[时间：几天以后

[地点：齐放的古玩店

[幕启时，齐放在他的办公室打电话

齐　放　什么？电视台的记者？你们听谁说那元青花是我买的？搞错了吧。

　　　　采访？对不起了，我不想接受采访，抱歉。再见！

马晓云　谁把这事捅到电视台了？

齐　放　（放下电话）玩，玩你没商量。有脾气吗？

马晓云　你不愿抛头露面，可有玩命炒作自己的。

齐　放　你是说程立伟吗？我已经弄明白了。你猜他为什么虚张声势，吹

　　　　自己买了元青花？

马晓云　大款夸富呗。

齐　放　你们都被他迷惑了。现在古玩收藏已经成了洗钱、避税和资本投

　　　　资的手段。程立伟玩房地产发了大财。说自己花 980 万买了元

　　　　青花，他可以避多少税呀！

马晓云　原来如此。可他并没买呀？

齐　放　他抓住了我买元青花为了还愿，不想声张的心理，所以才敢这么
　　　　不按规矩出牌。

马晓云　这些内幕外人哪儿知道呀！

[外面的大堂喧哗起来，马晓云出。宝二爷上]

宝二爷　齐放，真菩萨面前，不能烧假香。你猜林少雄这次来北京，憋的
　　　　是什么主意？

齐　放　他能有好主意吗？

宝二爷　说出来你得晕菜，他要把那件元青花收回去！

齐　放　后悔了？

宝二爷　他放出口风，只要你把这瓶子还他，多少钱都出。

齐　放　（诧异）我让他出9800万呢？

宝二爷　他也不会打嗑呗！他跟我说只要那件元青花回到他手上，要什么
　　　　都行！

齐　放　天底下有这种冤大头吗？我看他是疯了！

宝二爷　玩家有玩家的道行。管他什么心气呢？给钱不得了吗？找你单聊
　　　　你不抻荏儿。没辙，过河还得我搭桥。怎么样齐放？你发财的机
　　　　会到了！

齐　放　我要是不给他呢？

宝二爷　一个亿，你肯不肯出手？

齐　放　十个亿，我也不会动心！

宝二爷　热脸贴冷屁股上了嘿。爷哎，我可真得叫你爷了！你是不是想把这瓶子给靳四爷，还当年的人情债？

齐　放　算你说对了。

宝二爷　你别犯傻了！他已经八张儿多了，还能活几天？等他奔了烟筒胡同，指不定二鹏又把它卖给谁了呢？

齐　放　老爷子身后的事我管不了，只要他活着，我一定要让他见到靳家的宝贝。你们谁也别想！

宝二爷　轴呀！十年前你就是一根筋，怎么现在还这么死性？

[手机响]

宝二爷　(接手机)陈先生！什么？呃，呃，好，我马上过去。您在饭店等我吧。（对齐）林少雄的秘书找我，我得先过去。你再想想。听我的，这可是千载难逢的机会。我力争让他出一个亿怎么样？不就是一个瓶子吗？该出手时就出手！（下）

齐　放　（取出元青花，端详自语）出手？林少雄这是在玩什么呢？

[马晓云上]

马晓云　又跟宝贝瓶子相面呢？刚才宝二的话我都听见了。林少雄肯定有猫腻。

齐　放　是呀，当初他为了得到这个瓶子煞费苦心，在手里焐了10年才出手，现在又不惜血本想把它收回去，到底打的是什么牌呢？

马晓云　你打算怎么办？

齐　放　爱谁谁！他有千条妙计，我有一定之规。这件元青花一直是我的
　　　　隐痛，现在它终于到我手上了，不还给靳伯伯，我对得起谁呀？

马晓云　好！我喜欢你这种爷劲！

[外面的大堂，众玩家在喝茶聊天，靳伯安、关婶、蝈蝈李、寿五爷上，
　　　　众人纷纷起身打招呼]

靳伯安　你们聊着。齐放约我过来谈点事儿。

玩家甲　四爷知道了吧，林少雄又来北京了。

靳伯安　我心里上着弦呢。

玩家乙　斗法？他不是您的个儿。

靳伯安　别说这话，他的脑子比我好使。

魏有亮　四爷，您还记得我不？

靳伯安　小木匠！还拿钢种锅换粮票呢？

玩家甲　您真会逗闷子，都什么年代了，还换粮票？人家现在是古典家具
　　　　公司的大经理了。

靳伯安　嚯，我得刮目相看了！

魏有亮　提起这换粮票，我的肠子都悔青了。当年我收上来的粮票有几
　　　　百万斤，都倒腾出去了。谁能想到现在这些没用的粮票，会成了

收藏品呢？前两天拍卖会上，一张半两的粮票拍了两万多。

王小民 什么？一张粮票值两万多？我家里存着几千斤，都让我们那位换

　　　　高压锅了！

玩家乙 你没长着后眼不是？

玩家甲 什么叫物以稀为贵呀！东西越老越值钱。

蝈蝈李 我说小木匠，你现在发财了吧？那幅八大山人的《石榴》是你的

　　　　不是？

魏有亮 （语塞）李爷，您怎么哪壶不开提拉哪壶？这又是让我揪心摘肺的

　　　　事。

蝈蝈李 揪心？那幅假画你可是卖了20万！

魏有亮 （从包里取出图册）李爷，瞧瞧吧，专家一鉴定，现在拍卖价是多少？

　　　　150万！

蝈蝈李 （看图）没错就是这幅！

魏有亮 宝二爷把它从您儿子手里要了回去，原价20万给他的，他又卖给

　　　　了另一个买家。人家编了个故事，又找专家开了个证明，一上拍，

　　　　价码儿连翻了几个跟头！

蝈蝈李 谁呀，这么冤大头？

玩家甲 程立伟！150万！他一点儿没打嗑呗。让他孝敬一位当官的了。

魏有亮 听说管开发的头儿喜欢字画儿。

关　婶　一幅假画愣卖了150万?

靳伯安　当初我让你把它烧喽,你怎么手下留情了?（戴花镜看图录,冷笑）
　　　　现在专家也聪明了,小魏念念专家的鉴定。

魏有亮　（念）八大山人是明末清初著名书画家,他的画作开中国画大写意
　　　　之先河,很有价值。

靳伯安　你们听到了吧?这位专家只说八大山人的画有价值,并没说这幅画!

蝈蝈李　敢情他们也怕找后账!

魏有亮　看来这鉴定真有学问!

关　婶　当年,我是把它当废品让小魏拿走的。

靳伯安　寿五爷,认识它吧?哈哈。50块钱从你手里买过来的!

寿五爷　四爷,没法玩了!

蝈蝈李　假的永远是假的,它怎么能真呢?

寿五爷　这是什么玩法呀?没病,也让他们给玩出病来!

[二鹏、娟子上]

二　鹏　爸,您在这儿呢?

靳伯安　你跑这儿来干吗?

玩家甲　屎壳郎进花园,不是这里的虫儿呀!

二　鹏　挤兑谁呢?齐放呢?爸,咱家的那件元青花上拍了,让齐放给买
　　　　了回来!

玩家甲、乙　什么？买元青花的是齐放！

[齐放、马晓云从里屋出]

齐　放　靳伯伯，二鹏说得没错儿，那件元青花让我给拍回来了！

靳伯安　我早知道了。

玩家甲、乙　齐放，快把宝贝亮亮，让我们开开眼吧！

齐　放　晓云还愣着什么？拿出来吧。

[马晓云进屋拿出瓶子放桌上]

齐　放　是它吧，靳伯伯？

靳伯安　（拿瓶苦笑）是它，真呀！就是它！齐放的眼里没揉沙子。

齐　放　拍卖前我反复做过甄辨。不会有假！

[众人围过来欣赏，发出啧啧赞叹，二鹏要拿]

靳伯安　二鹏，把手拿回去！

二　鹏　您先说。

靳伯安　齐放，真人面前莫弄假，痴人面前别说梦。我本来想埋怨你，没
　　　　跟我商量就花那么大价钱把它买回来。可是看你的心气儿，我不
　　　　该给你泼冷水，不管怎么说当初它让你落下了心病。

齐　放　我就想了却这个心愿。

靳伯安　（感叹）这十年来，我一想到这件元青花，心里就像撒了盐。玩了
　　　　一辈子鹰，临完却让鹰咬了一口，你说我心里熬头不？

娟娟李　鹰死在谁手里还不一定呢。四爷，甭管怎么说，齐放花980万把
　　　　这瓶子买回来，对得住您。

靳伯安　是呀，从这一点看，他身上有老北京古玩行的德行！可这世上神
　　　　少鬼多。不知还有多少人惦记着这瓶子。它是宝贝也是祸根呀！

二　鹏　爸，您说得没错儿，我就是来请咱家的宝贝瓶子的！

齐　放　二鹏，你先别动！让靳伯伯把心里话都说出来。

二　鹏　还有什么可说的？这瓶子物归原主，我当儿子的抱走应当应分。

靳伯安　敢动！二鹏，是不是知道林少雄想把它买回去了？

二　鹏　是又怎么样？

靳伯安　这瓶子在你眼里是钱，不是玩意儿？

二　鹏　没错！我就认钱，有罪吗？

关　婶　二鹏，千万别让你爸激动，这么大岁数了！

二　鹏　这儿轮不到你说话！你是不是早就惦记上这个瓶子了？

娟　子　跟林少雄已经把协议都签了吧？

关　婶　你们胡说什么呀？

二　鹏　别演戏了，你跟林少雄是什么关系，我还不知道吗？

马晓云　二鹏别欺人太甚了。我妈跟林少雄怎么啦？你说呀！

娟　子　说？有句话我憋了好几年了。关大夫，你说，到这个家你看重的
　　　　不是老爷子的家产，不是他手里的玩意儿，图什么？

马晓云　我妈对你们那么好，说这话亏心不亏心呀？

二　鹏　你少掺和！她到这个家，搅和得我们爷儿俩成仇，夫妻不和，整
　　　　　个儿是盆祸水！

姻姻李　二鹏，她是你后妈，说这话可缺德呀！

关　婶　（抽泣）好啦，我算看出来，你们两口子眼里只有钱，不说亲情，
　　　　　连一点儿感情也不讲！这些年，我对你们怎么样，街坊四邻都看
　　　　　着呐！你们不容我，我走，离开你们还不行吗？（欲下）

马晓云　妈，让他们把话说清楚再走。他们也忒欺负人了！

姻姻李　谁走你也不能走，四爷离不开你呀！

二　鹏　趁早滚！

[众人瞠目议论"二鹏！""你怎么能这么说话！""别犯浑！""这个二货！"]

靳伯安　孽障！（劈手扇了二鹏一嘴巴）靳家人的脸让你给我丢干净了！

齐　放　靳伯伯，您别……

二　鹏　好好，您打了我，也出了气，瓶子该让我拿走了吧？（欲抱瓶）

靳伯安　（吼）你敢动它！

马晓云　靳伯伯！

靳伯安　（拿起瓶子）传家宝？祸根呀！980万！你真就值980万吗？

[靳伯安突然举起瓶子要往地上摔，众人发出惊叫，二鹏猛然冲过去抢下瓶子]

二　鹏　谢谢您了爸！您真是我的亲爸！

蛔蛔李 （急）你生抢呀？

二 鹏 抢？瓶子是我们家的！

靳伯安 拿去吧！哈哈，那是个假瓶子！

齐 放 假的？

二 鹏 蒙谁呢？假的我也要！（抱瓶下）

靳伯安 （吼）业障呀！

[众人呈现出不同表情，光聚在靳伯安身上。幕缓缓落。]

第
二
幕

第一场

[时间：五年以后。21 世纪初的一个秋天。]

[地点：齐放的私人博物馆。]

[幕启时，齐放在摆弄瓷器，魏有亮、常茂、常浩上。]

魏有亮　好大的一个私人博物馆！了不得呀，齐放！

齐　放　茂儿哥！老魏来了？（看常浩）这是？

常　茂　我儿子常浩。

常　浩　齐叔好，您的博物馆好嗨呀！

常　茂　年轻人满嘴新词儿。不正经念书，现在也玩上了。

齐　放　玩什么呢？

常　茂　瞧他身上戴的手上盘的。

常　浩　（亮各种串儿）哦，这叫菩提、绿松石、琥珀、蜜蜡，还有这个小
　　　　叶紫檀的。

齐　放　嘿，脚脖子上没戴一串儿？

常　浩　我是您的粉儿。

齐　放　我年轻那会儿也像你似的这么玩。

常　茂　可你玩出这么大一个私人博物馆。

常　浩　（看展品）齐叔，这些瓷器是真的假的？

齐　放　问得好！玩家玩的就是两个字：真假。你说呢？

常　浩　您是瓷霸，我要说您玩假的您得泪奔！

齐　放　说到这个假字，我还真得泪奔。茂儿哥，靳伯伯的那个元青花是真
　　　　是假，到现在我也没解开这个谜。

常　茂　这层窗户纸只能等四爷自己去捅了。自从二鹏把那瓶子抢走，四爷
　　　　一直病病歪歪，住在庆辉建的度假村，谁也不见，快与世隔绝了。

魏有亮　下礼拜，老爷子88岁米寿。我跟茂儿哥商量好了，在我城里的四
　　　　合院摆一桌，给老爷子贺寿。

齐　放　我做东。

魏有亮　在我那儿办，还用你张罗吗？

齐　放　好，那我一定去！

[宝二爷上]

宝二爷　哈哈，魏老板，我掐指一算，准知道你在这儿呢。

魏有亮　要不说你是大师呢！

宝二爷　你这么叫我，我说不是，那不是透着我假吗？

齐　放　这是从哪儿来呀？

宝二爷　刚陪两位老板坐飞机到海南，打了一场高尔夫。

常　茂　坐飞机打高尔夫？行呀宝二！什么时尚你玩什么。

常　浩　爸，这叫高大上。

宝二爷　还白富美呢！大侄子，我有那么萌吗？

常　茂　身穿名牌西服，脚蹬千层底布鞋，打着高尔夫，揉着山核桃，什么
　　　　范儿呀？

宝二爷　北京爷的范儿！上眼吧您，古的今的，中的西的，土的洋的，这
　　　　文化都让我一人得着了。哈哈，魏老板，听说你在郊区买了块地，
　　　　也想搞个博物馆？

魏有亮　你的耳朵够灵的！齐放，还没跟你说呢，我新近得着一件宝贝。

齐　放　老红木家具？

魏有亮　不，火车！

齐　放　火车？你买火车？

魏有亮　新鲜了不是？前几年我倒红木，认识几个铁路上的朋友，他们有
　　　　一台报废的蒸汽机车头，让我给买了过来。

齐　放　你开家具厂，要火车头干吗？

魏有亮　想跟你学，搞一个车博物馆，从驴车、马车、牛车、手推车到自行车，
　　　　摩托车到汽车、火车，凡是带轱辘的我都收藏。反正我也有地方，
　　　　300多亩地呢！

常　浩　雷人！太嗨了！我可不是跟我爸打酱油的，叔，看得起我，我在网

上帮您吸粉。

魏有亮　这主意不赖，还得说年轻人有脑子。

齐　放　老魏，还记得吧，二十多年前你背着把破锯，走街串巷，一边打家具，一边收粮票换钢种锅的时候，我跟你说过的一句话吗？

魏有亮　不记得了。

齐　放　我说别瞧你是打家具的，保不齐有一天你会成为玩家具的。想不到30年后，你也玩出一博物馆来！

魏有亮　谁让咱赶上好时候了呢？不是改革开放，玩家？我一个农民，做梦都想不到这个！

宝二爷　得了，别捡好听的说。你发财靠什么？捡靳四爷扔的一幅画儿，那可是我替你卖了20万！这应该是你的第一桶金吧？

魏有亮　是呀，真得感谢你这个王爷的后代。

常　茂　王爷的后代？宝二，还挂着这个头衔呢？

宝二爷　已经叫出去了，想改口都难。我现在要是跟人家说，我爷爷是王爷府喂马的，人家会以为我装孙子玩。我横是不能为这个，开个新闻发布会去更名吧？

齐　放　那你这个王爷的后代就更出名了。世上的事就是这样，有时真的成了假的，假的却成了真的。

宝二爷　所以嘛，我这个王爷的后代也就名正言顺了。光聊天了，差点儿把正事忘了。齐放，又来故事了。香港的林少雄来北京了。

齐　放　他来了？是不是又想见我呀？

宝二爷　还真让你说对了！昨儿他的秘书在全聚德请的我。他说林老板要
　　　　参观你的博物馆，让我跟你打声招呼。

常　茂　他终于浮出了水面儿。

齐　放　五年前，他放了个烟幕弹说要买那件元青花，结果瓶子让二鹏给抢
　　　　走，他却蔫不出溜走了。害得靳四爷大病一场，二鹏拿着瓶子找
　　　　不到买主，我也添了块心病。现在他又冒泡了，干吗？又玩金钟
　　　　罩铁布衫吗？

常　茂　见过难缠的，没见过这么难缠的。

齐　放　都是元青花惹的祸。

宝二爷　祸？这叫缘分。树大招风，齐放，这回林先生到你的博物馆参观，
　　　　你总不能把人给轰出去吧？

齐　放　轰？我正想会会他呢！

宝二爷　那好，话我是带到了。回见吧咱们！老魏，你的博物馆有用着我
　　　　的时候，咳嗽一声。

魏有亮　那我得预备好银子。没钱，我嗓子眼咳出血来，你也听不见。

［宝下。王小民留着长发，打扮怪异，抱着垃圾桶疯疯癫癫上，马晓云随后］

王小民　齐放，我又淘换到一件宝贝，明朝的！

常　茂　嚯，小民，我得叫你爷啦，怎么把路边的垃圾桶给抱来了？

王小民　谁要说它不是官窑我跟谁急！齐放，你给掌掌眼，我要拿它上拍
　　　　卖会！

马晓云　小民别胡闹了。唉，怎么拉也拉不住他！

王小民　你们都是棒槌！我就信齐放。齐放，你上眼，这物件什么窑口儿，
　　　　上拍值不值一千万？

齐　放　他又犯病了？

王小民　（扑通跪下）齐放，我求求你了，你就说它值一千万！你不说，
　　　　我就磕死在你脚下。

齐　放　小民别这样，咱有话好好说。

马晓云　好啦小民。齐放说了，它值一千万，你快回家吧。

王小民　真的，齐放！它真值一千万！哈哈，它真值一千万！我要买车，
　　　　买别墅，买前门楼子！

常　茂　好，你买！你买！我马上找人给前门楼子安四个轱辘，给你推
　　　　家去！

王小民　真的！

马晓云　这行了吧？走，家等着去吧！（拉王下）

常　茂　怎么挺好的一个人疯成这样了？

常　浩　有钱人任性，没钱人也这么任性！

齐　放　他玩了 20 多年瓷器，只淘到了一件官窑器物，明嘉靖黄釉绿彩的
　　　　人物罐，让程立伟花两千块钱收了。头年在艺术品拍卖会上，这
　　　　件器物拍了 860 多万，他在报纸上看到这个消息，一下神经了。

魏有亮　唉，这不是让古玩给玩了吗？

齐　放　是呀，古玩行水忒深，真假难辨，有些人又把古玩当作敛财之道，
　　　　良心泯灭，赝品泛滥，鱼目混珠，水越玩越浑，结果像小民这样
　　　　渴望一夜暴富的人掉进去出不来了。

常　茂　教训呀！得，天阴上来了，我们告辞了。

魏有亮　齐放，别忘了给靳四爷祝寿的事儿。

齐　放　哪能忘呢？回见！

[常父子、魏下。马晓云上]

马晓云　林少雄要来你知道了吧？

齐　放　嗯。他知道你妈跟我的关系吗？

马晓云　我妈不会告诉他的。

齐　放　这个人太诡异了。

马晓云　不会还是为了那个元青花瓶子吧？

齐　放　怎么可能呢？已经过去五年了，我都快忘了。

[风声]

齐　放　外面刮风了，把窗户关上吧。

[林少雄和秘书上]

林少雄　齐先生在吧?

齐　放　说曹操，曹操就到。

马晓云　林先生来了，请进!

林少雄　（感叹）私人博物馆，好气派呀! 玩家，齐先生名不虚传。

齐　放　（握手）你好，林先生，神交快20年了，我们终于见面了。

林少雄　是呀，闲云潭影日悠悠，物换星移几度秋。转眼之间，我都满头

　　　　白发了。恍若隔世呀! 北京发展得也这么快，不敢认了! 高楼大

　　　　厦林立，马路上汽车那么多，我仿佛置身在香港、纽约或是巴黎。

　　　　记得20多年前，我来北京的时候，你还住在胡同里，当时买电视

　　　　还要票，你骑着自行车，在文物商店门口从农民手里收古董。现在，

　　　　啊! 办起这么大的一个博物馆!

齐　放　我也没想到你一直惦记着我。

林少雄　老朋友了嘛。

齐　放　请坐吧，这是我的夫人马晓云。

马晓云　（上茶）林先生喝茶。

林少雄　（咳嗽）不必客气。我只喝白开水。这是我的秘书。

齐　放　我们见过。林先生这次来北京，是⋯⋯

林少雄　来看看老朋友，当然主要是见你。

齐　放　见我？

林少雄　人这一生，不论你遇到谁，他都是你生命中该出现的人；无论发
　　　　生什么事，都是唯一会发生的事。为了你刚才说的那件元青花。

齐　放　所以你必须来见我？

林少雄　好像是别无选择。

齐　放　我始终不明白为什么你对这件元青花如此念念不忘？

林少雄　因为它是一个传奇。

齐　放　传奇？

林少雄　它折磨了我几十年！我到现在还没有解开这个谜底。

齐　放　你也留下了一个谜底！为什么瓶子上拍了你又往回收？这可是藏家
　　　　大忌呀！

林少雄　因为那件元青花是赝品！

齐　放　（惊诧）赝品？开玩笑吧？那瓶子买回来后，我可用高科技做过检
　　　　验。是元代的，没错！

林少雄　你化验的肯定是瓶底。我最初也被打眼了。瓶底是元青花无疑。
　　　　作旧的手法极其高明，他根据圈足的大小，配的瓶身。

齐　放　难道是鬼斧神工？

林少雄　确实。为了让上下两部分在釉烧的时候收缩一致，上釉前把瓶身瓷
　　　　化，分段做的，粘接得天衣无缝。新瓷有贼光，他又用氧氟酸消了光，

还用喷沙工艺让光变柔，真是造化天成！让人都难以辨别。

齐　放　（疑惑）难道靳伯伯也被打了眼？

林少雄　很有可能是他在欺世。

齐　放　什么？是他欺世？不可能！这瓶子是靳家的传家宝呀！（异常激动）天呀！那件元青花是假的？（站起来，走到窗前）假的？怎么可能是假的？（一把揪住林）是你在欺骗我！

林少雄　齐先生，请别激动。

齐　放　不！啊？（拍头）我这是怎么啦？难道大脑缺氧了吗？

马晓云　齐放，你冷静点儿！（悄声）二鹏抢这瓶子的时候，靳伯伯也说它是假的。

齐　放　嘻，那是老爷子在蒙二鹏！

林少雄　不，他说的是真话。本来我是想不惜一切代价，把这个瓶子买回来的，但知道他说了实话，便放弃了这个念头。

马晓云　所以你就悄没声地回香港了？

林少雄　当时我病得很重，回香港也是为了治病。之后又到美国换了两个器官。这五年，我一直在夏威夷疗养。两年前状况好一些，我本想来北京见你，机票都买好了，想不到病又复发了，拖到了现在。再不见你，我们就阴阳两界了。（咳嗽）

齐　放　见我？你到底打的是什么牌？

马晓云　你听他慢慢说嘛!

林少雄　人生的很多事是由后人评说的,但这件事我必须要跟你当面说。

齐　放　难道你还没忘跟靳伯伯斗法?

林少雄　唉,斗什么呢? 鸟活着的时候吃蚂蚁,鸟死了以后被蚂蚁吃。知
　　　　道这个,就活明白了。(剧烈咳嗽起来,秘书给他吃药)

马晓云　您病得这么厉害? 先喝水吧。

[外面传来雨声]

林少雄 (语气沉缓) 我祖父是东南亚一带有名的收藏家,在我 20 多岁的
　　　　时候,认识了一位日本古瓷收藏家中岛村夫。他给我讲了大明斋
　　　　的故事。原来在七八十年前,中国的收藏界还不承认元代有青花瓷,
　　　　中岛的老师宫田从英国人那里看到了元青花的实物,确认元青花
　　　　是存在的。当时日本收藏界没有这种实物,所以宫田一直在寻找。
　　　　在中国抗战时期,宫田来到北京,在大明斋古玩铺,看到了靳老
　　　　伯的父亲靳绍舫手里的那件元青花瓶。想买,给多少钱靳家人也
　　　　不卖。为了把这个瓶子弄到手,宫田勾结日本宪兵队以私通“八
　　　　路”的罪名,逮捕了靳绍舫,但靳绍舫宁死也不肯交出这个瓶子。
　　　　这个故事让我非常感动,也让我记住了这件元青花。后来我搞起
　　　　了收藏,一直想见到这个瓶子。内地改革开放后,终于有机会来
　　　　到北京,找到了靳老伯。

齐　放　你就想方设法做局把它弄到了手。

林少雄　得到这件元青花，我欣喜若狂。两年以后，我在日本搞了一个展览，引起了轰动。让我想不到的是两位德国学者对这件器物的年代产生了疑问。这让我感到不安。我多方找专家鉴定，又用现代科技手段做了化验，花了两年多的时间，终于发现瓶底是元青花，瓶身是后配的高仿。

齐　放　高仿？

林少雄　我的失望是可想而知的。由此我产生了报复心理，既然我被愚弄了，也要捉弄一下世人。果然不出我所料，它拿到拍卖会，没引起任何人的怀疑。

马晓云　靳伯伯是那么有名的玩家！谁会怀疑从他手里出来的藏品呢？

齐　放　但拍出去了，你干吗又要把它收回去呢？

林少雄　在这件元青花上拍之前，我大病了一场，当时还没查出病因，但是在一个月之后，大夫确诊了，是癌症。

齐放、马晓云　（惊讶）癌症？

林少雄　前列腺癌，已经是晚期了。

齐　放　这么说……

林少雄　我知道自己活在这个世上的日子不多了，所以想在离开这个世界之前，不能再让这件赝品欺世了。

齐　放　你良心发现了？

林少雄　是的，欺世是有罪的！我觉得这是上帝在惩罚我。我不想背着欺
　　　　世的罪名下地狱。我在上帝面前做了忏悔，带着虔诚的心来到北京，
　　　　想不惜一切代价，把那件元青花收回来。但没想到中间出现了意外，
　　　　我不得不暂时放下这个念头，专心治病。

马晓云　原来是这样！

林少雄　可上帝并没原谅我，他只给了我五年的时间。这五年，在我的内
　　　　心世界，良知与邪念一直在搏斗。我终于悟出心里的这个结不解开，
　　　　无法去天堂见上帝。当初是我的贪欲，花20万骗走了这个瓶子，
　　　　又让你花980万把它买回来，更可怕的是这个赝品还在传世。我
　　　　必须要向你当面赎罪。（欲跪，秘书扶）

齐　放　您这是干吗？

林少雄　齐先生你能原谅我吗？你说你说。我向你忏悔。（跪下）

马晓云　（扶）别，别这样。

齐　放　我能理解你的心情。起来吧，我原谅你了还不行吗？

林少雄　谢谢你，能在我跟这个世界告别之前原谅了我。（让秘书拿出支票）
　　　　齐先生，为了洗刷我欺世的罪过，这张支票你一定要收下。

秘　书　这是1200万人民币的支票，包括980万拍品，拍卖的佣金，还有
　　　　您在香港吃住和往返机票等费用。

齐　放　1200 万？林先生，这钱我绝对不能要。

林少雄　不，你一定要收下！

齐　放　为了那件元青花您已经得绝症了，难道让我也找病吗？

马晓云　是呀，我们怎么能收这钱呢？

林少雄　你一定要收下。

秘　书　他就是为这专程来的呀？

齐　放　好吧，如果你不想亵渎一个收藏家的良心，执意要拿出这笔钱，
　　　　我建议您把它捐给慈善机构。

林少雄　那我也要以你的名义捐。

齐　放　随你便吧。林先生，我要感谢你。你的忏悔，让我明白了欺世的代价。
　　　　可是那件元青花的真假还是让我困惑。

林少雄　难道你不相信我的话吗？

齐　放　我更相信瓶子本主的话。

林少雄　那你只有去问他了。我不得不承认他是大玩家。

马晓云　您不想见见他吗？

林少雄　没有必要了。我见他，只会让他感到难堪。明天我就要离开北京了，
　　　　上帝已经在天堂给我找好了位置。

齐　放　后天是他的 88 岁米寿。既然我们把话谈开了，您能不能给我一个
　　　　面子见见他。当面把元青花的谜底揭开，这样在你们离开人世的

时候都没遗憾了。

林少雄 （犹豫）好吧。我答应你。但愿我们的见面是愉快的。外面天晴了吧?

齐　放 （望窗外）雨还很大，再坐一会儿吧。

林少雄 不了，我回去了。

秘　书 他要去医院输液。

齐　放 好吧。后天见，我明天单给您送请柬。

[送林、陈下]

马晓云 你大脑进水了? 靳伯伯那么大岁数，林少雄又病入膏肓，你让他
　　　　们见面不是要他们的老命吗?

齐　放 他们不见面，那件元青花也许永远是个谜。

马晓云 林少雄不是已经把谜底告诉你了吗?

齐　放 是呀，多感人的故事! 可你别忘了他是玩家!

马晓云 难道是八卦?

齐　放 只有靳伯伯能驱除我心中的疑云。

马晓云 两个玩家斗到了生命的尾声。等着瞧吧，有热闹看了!

[突然一声响雷，风声，光渐暗。]

第二场

[时间：两天以后。]

[地点：魏有亮的宅子与街道。远景是楼房，近景是新盖的四合院，连接正房（即客厅）。]

[幕起时，靳伯安、关婶、保姆推着坐在轮椅上的蝈蝈李上，不时有行人跟他们打招呼。]

蝈蝈李　四爷，认不出来了吧？五年前，这地界还是靳家的老宅。那边是我的老窝儿。哈哈，一眨眼，这一片的老胡同只能在照片里找了。

靳伯安　门口那棵老槐树呢？

关　婶　（指）什么眼神？那不是吗！

靳伯安　啊，物是人非，全变了，才几年呀！

蝈蝈李　老哥哥？触景伤情了吧？

靳伯安　没什么想不开的！社会的发展咱能挡得住？88 岁了，我什么事没经过？寿五爷祖上的王府在哪儿呢？当年，靳家的老宅是三进的四合院，大明斋是多大的买卖，现在在哪儿呢？故宫里的那些瓷器，多少皇上用过玩过。那些名画盖了多少藏家和皇上的印章。东西还在，人呢？宅子是什么？说了归齐只是人生旅途上一个打尖歇脚的客栈。我们都是匆匆过客呀！

[一个老邻居跟他们打招呼]

坰坰李 您瞧，胡同没了，老房子拆了，可是人心不古，咱们的根儿还在。这些老邻居还都相互想着呢。

靳伯安 敢情！往年这节气口儿，噢，该买冬储大白菜了，家家户户安烟筒、装风斗、存蜂窝煤，预备过冬了。

关　婶 又念叨那些老事儿了。

靳伯安 人老了喜欢怀旧。现在人们喜欢收藏，可有谁能想到收藏记忆呢？

坰坰李 北京人办了那么多博物馆，看看谁能办一个记忆博物馆吧！哈哈。

靳伯安 其实每件藏品都是有记忆的呀！

坰坰李 得了，四爷，咱别往回翻篇儿了，一会儿您再把胡同里的大酒缸、水屋子、剃头棚捯腾出来，有完呀？小魏候着咱们呢。

[进院，魏有亮上]

魏有亮 茶早沏好了，候着老几位呢，快请吧！

坰坰李 小魏呀，这院子是你的？

魏有亮 来北京20多年了，我的最大愿望就是能住上四合院。五年前，这一片拆迁，我买下了这个院子，把它重新翻建了。

坰坰李 风水轮流转，真是不假。胡同拆了，我们这些老北京人搬到了郊区，你们这些外地人却成了四合院的主人。

关　婶　小魏，这棵石榴树长得多好！你呀真是时来运转发财了。

魏有亮　发财不能发烧。吃水不能忘了挖井人。关婶，我还要感谢您当年
　　　　的那幅八大山人的《石榴》呢。

靳伯安　想不到一幅假石榴，让你住进了四合院，吃上了真石榴！

魏有亮　人生真是难测，不知道哪块云彩下雨，也不知道哪个响雷霹人。

　　　　老几位还不知道吧？这一片的开发商程立伟因为诈骗，进去了。

关　婶　他早该抓起来。

蝈蝈李　报应呀！

[魏让座，一女孩上茶]

魏有亮　老几位喝茶。

靳伯安　齐放呢？他说今儿让我见一位稀客，谁呢？

魏有亮　来电话了，一会儿就到。四爷，今儿是您的好日子，您不哼两口"二
　　　　黄"？

靳伯安　二黄？三黄吧！七十瓦上霜八十风前烛。88岁了，唱不动喽！

魏有亮　您几位先坐，我得张罗寿宴去（下）

[常茂父子拎蛋糕、箱子与寿五爷上]

常　茂　（把蛋糕放桌上）四大爷生日快乐呀！

寿五爷　是呀，给老哥哥祝寿！（展画）

靳伯安 呦呵，又是幅石榴。

寿五爷 这可是百分百的真迹。我自己画的！

靳伯安 我可没说它假。真，就是不能吃。得，我这儿谢谢您了！

关　婶 五爷总是这么客气。

寿五爷 二鹏他们挺好吧？

关　婶 老房子拆迁，给了一笔拆迁费，他们在郊区买了一套房，剩下的
　　　　拿去做本儿，开了个饭馆。

靳伯安 让他们扑腾去吧，不在身边倒省心，眼不见心为净。

寿五爷 你们老两口跟李爷在庆辉的度假村过得多滋润呀！李爷，不带我
　　　　玩了是不？

蝈蝈李 你说什么？这耳朵，太和殿雕的是假龙，我是真聋了！哈哈。（听
　　　　到蝈蝈叫）哎，谁带着"憨儿"呢？

常　浩 嘿，您耳朵不背呀！

寿五爷 他就听蝈蝈儿叫一门儿灵！

常　浩 （掏出葫芦给李）李爷爷，我也晒晒！

蝈蝈李 嚯，你小子玩几年了？

常　浩 刚上道，您是达人，我还是菜鸟。

蝈蝈李 行，你这虫儿听得过儿。

寿五爷 李爷有接班儿的了！

[齐放、马晓云上]

齐 放　靳伯伯! 给您祝寿呀!

马晓云　(献花) 祝您生日快乐!

靳伯安　这是真花儿吧?

马晓云　假的, 敢给您吗?

关　婵　(对齐放耳语) 林少雄呢? 知道他来, 我跟 120 都打了招呼。

马晓云　(低声) 妈, 您?

齐 放　放心吧, 他不会不来。

靳伯安　齐放呀, 你让我见的人呢?

齐 放　哦, 一会儿就来。靳伯伯, 我想给您一个惊喜。

靳伯安　惊喜?

齐 放　林少雄来北京了, 我们见了面。想不到这么多年, 他还跟元青花
　　　　纠结呢。

靳伯安　他怎么说?

齐 放　给我讲了一个动人的故事, 然后告诉我靳家的元青花瓶子是赝品。

众　人　(呈现不同表情) 赝品?

靳伯安　(冷笑) 你们信他的话吗?

寿五爷　四爷能玩赝品吗?

齐 放　说的是呢! 不知道林少雄想玩什么花活?

［二鹏抱着元青花瓶上］

二　鹏　爸爸哎，假的！这元青花是假的！（把瓶子放桌子上）

常　茂　你刚明白呀？

二　鹏　它押我手里五年了！

常　茂　看到"鬼谷子下山"拍了两个多亿，你心里痒痒了是吧？

二　鹏　是又怎么样？找专家用仪器鉴定说就瓶底是真的！

齐　放　（看瓶）靳伯伯？

靳伯安　他说得没错。这件元青花确实是赝品。

众　人　（大惊）啊？

靳伯安　齐放，林少雄给你讲的故事是真的。当年日本人宫田勾结宪兵把
　　　　我父亲下了大牢，不给靳家的元青花就要他的命。大明斋掌柜的、
　　　　也就是茂儿的父亲常二爷手里有几块元青花的瓷片。为了救我父
　　　　亲，他跑到江西景德镇，跟御窑厂的师傅，花了半年多烧出了这
　　　　件元青花的高仿。但瓶子烧出来，我父亲也死在大牢里了。所以
　　　　我说靳家的元青花是用命换来的。没想到后来林少雄做局蒙骗齐
　　　　放，逼着我把它拿了出来。想不到这个假瓶子让那么多人打了眼！

齐　放　（沉吟）林少雄现在已经忏悔了。

靳伯安　我知道他得了癌症。唉，人心都是肉长的，如果能窥见别人内心
　　　　的痛苦，那么所有的敌意也就烟消云散了。

齐　放　这么说您宽恕他了？

靳伯安　被恨的人没痛苦，恨人的人遍体鳞伤。我玩了一辈子瓷器，最恨
　　　　以假充真。对天发誓，我这辈子没卖过一件赝品。这件元青花让
　　　　林少雄打了眼，把他给玩了，我的心里一直不安。这不是欺世吗？

常　茂　您也是被逼无奈。

靳伯安　我内心痛苦呀！

齐　放　心病得从心上医。您知道今儿我请的这个人是谁吗？林少雄！

靳伯安　他？他会来吗？

齐　放　前天我们一言为定，他说一定要来看您，也许是最后一面了。

蝈蝈李　依我说不见，添这堵干吗？

靳伯安　见！再不见就下辈子了！我想让他见识见识真正的元青花。

常　茂　这才是京城玩家的气度！

[两个年轻人拎箱上]

年轻人　哪位是靳伯安先生？

靳伯安　我就是。

年轻人　您好！林先生是住我们饭店的客人，昨天晚上回香港了，临走时
　　　　让我们把这转交给您。（把箱子和信放在桌子上）

齐　放　什么？他走了！

[众人诧异，马晓云送俩年轻人下]

齐　放　这个林少雄，真是让人难以捉摸。

靳伯安　我说他不会来嘛。

齐　放　（看信）这是他给您的信。

靳伯安　念念。

齐　放　（念信）靳老伯，身体原因让我们失去见最后一面的机会了，希望
　　　　能宽恕我。今天是您的寿辰，祝您健康幸福！这件薄礼不成敬意。
　　　　缘未了情未尽，早晚我们会见面。我在生命的最后一个路口等着您。

靳伯安　哦，看来他要走在我前面了。

二　鹏　送的什么礼？（开箱）啊，元青花！

众　人　（惊诧）什么？元青花！

常　浩　爸，跟这个一模一样，山寨吧？

常　茂　还用说吗？

马晓云　生日礼物？亏他想得出来！

蝈蝈李　临死了，还跟您逗个闷子。

靳伯安　不，这个瓶子有他要说而没说的话。

齐　放　是有寓意的？

靳伯安　抛砖引玉，可惜他见不着了！

齐　放　引玉？

常　浩　谁靠谱呀！到底有没有真的？

常浩

常　茂　你以为靳爷爷跟大伙儿开玩笑吗？

靳伯安　茂儿，饭熟了该揭锅了！

常　茂　（开箱拿瓶）齐放，这就是你追寻了20多年的元青花！

[众人围过了惊呼：啊？！]

齐　放　（拿起瓶子）元青花！啊，终于看到真的了！

靳伯安　这瓶子传到我这儿800多年了！为了证明它是真的，从我爷爷那
　　　　辈开始不知过了多少玩家的眼，最后才让它有了身份。

常　茂　后世的仿品太多了！

靳伯安　要不怎么它一直放在常茂那里没有露呢？

二　鹏　敢情茂儿哥一直在您身边卧底呢？

常　茂　本来你把那个假的抱走，老爷子想揭开这个谜底。但我们爷俩算
　　　　计着林少雄会来。一旦他说出那个价值980万的瓶子是假的，
　　　　这个真瓶子拿出来才有人信。

马晓云　所以你们等到了现在。

常　茂　没辙，利益的驱使，常常使人迷失自我，把假当真，把真当假。

靳伯安　禅学讲究人生的三种境界：看山是山看水是水；看山不是山看水
　　　　不是水；看山还是山看水还是水。其实玩家玩的也是这三种境界！
　　　　你们看这元青花，不还是元青花嘛！

齐　放　靳伯伯，我明白了！

靳伯安　（突然大笑）你明白什么了？哈哈，如果我说你现在看到的这个元青花也是假的，是我临死之前，跟你们开的一个玩笑，你会怎么想？

众　人　（大惊）什么？它也是假的？

齐　放　怎么可能呢？它会是假的？

靳伯安　求真是玩家的本性。是呀，我们一直在求真，认为只有真才是生活的本质。所以我们憎恨伪劣，憎恨虚假，憎恨赝品。可是真的又是什么呢？艺术品本身就有虚幻的美，有它天然迷失的一面。由于元青花的稀缺，由于它的微妙，所以人们把它给神话了。在欲望追逐的过程中，良知丧失了，离它自身的真实越来越远了。其实，真的就是真的，它永远假不了！

常　浩　那这件元青花到底是真还是假？

靳伯安　（指着桌上的三个瓶子放声大笑）这还用我说吗？你们，（对观众）还有你们，真的假的？还用我说出来吗？哈哈……

［音乐起，幕缓缓落下。］

剧 终

第 12 稿

改于 2016 年 4 月

剧中老北京话注解

附录　剧中老北京话注解

　　本剧为京味儿大戏，剧中使用了大量的北京方言土语以及玩家（收藏）术语。观看此剧不但可从剧情中受益，而且也是学习和了解北京文化以及北京语言的极好机会。为了方便大家观看本剧，增长知识，特将这些收藏术语和北京方言土语注解如下：

· 玩意儿——指所收藏把玩或出售的物件，读时加儿化韵。

· 养眼——看到的物件可心，赏心悦目。

· 毁眼——看到的物件不如意，嗤之以鼻。

· 价码儿——玩意儿价钱，一般用于口语，如：您这东西什么价码儿？

· 上道儿——入门的意思。道，指的是道行。说的时候带儿化韵。

· 不真——这是鉴定家常说的一句话，因为玩家忌讳说东西是假的，所以用不真代替。

· 眼力——玩家的鉴赏能力。

· 宫里的——宫，指故宫。玩家说宫里的，就是宫里出来的。意味着东西是皇帝或皇妃用过的。

· 开眼——眼界大开或顿开之意。开是动词，即让你开。通常是一种谦虚的客气话。

· 上眼——让对方看看。老北京人的礼貌用语。

· 甜买卖——指可以从中赚大钱的交易。老北京人忌讳说生意一词。南方人把买卖叫生意。生意在老北京话里是做局欺骗对方之意。

· 手紧——抠门，攥着钱不愿意出手的意思。如果说手头紧，则是生活拮据，用钱紧张之意。

· 辨窑口——窑口指什么窑烧出来的瓷器。辨别窑口是玩瓷器人的基本功。口字，要儿化韵，读口儿。

· 断年代——断定瓷器是什么年代的。

· 赝品——即伪造的假的东西，主要指艺术品。

· 相马——观察辨别马的成色。"相"读"xiang"。"项"的音。

· 官窑——专门为皇家烧制瓷器的窑。窑字，带儿化韵，读窑儿。下同。

· 民窑——烧制一般老百姓生活用的瓷器的窑。我们通常见到的老瓷器，以民窑居多。

· 器物——指东西，通常用在瓷器、青铜器等物件时多。

· 看走眼——没有辨别出物件的真假。

· 看家的器物——对玩家个人来说是极为珍贵的东西，看家与镇店的意思相同。

· 贼上——瞄上，并想方设法要弄到手。贼，读一声，重音。

· 念物——留作纪念的物品。有的并非特意赠送，而是亲友用过的东西。

· 眼毒——眼力独到而刁钻、苛刻。注意是眼"毒"而不是眼"独"。"毒"

  字含义颇深。

· 仿品——仿制品。但玩家眼里的仿品有轻视之意。通常仿品是没价值的。

· 下三代——相对于上三代（夏、商、周）而言，通常指的是清代的康熙、雍

  正、乾隆三朝。即玩家所说的"康、雍、乾"，这三位皇帝酷爱瓷器，所

  以下三代的官窑瓷器非常珍贵。

· 路数——底细、招法。

· 铁皮——蝈蝈儿名称，色泽像铁皮。

· 点药——为了让蝈蝈儿叫出的声音好听，玩虫儿的人发明了一种药，点在蝈

  蝈儿的羽翅上。当然点药要有技巧。

· 本长儿——指葫芦的原生状态。玩虫儿的人为了让葫芦长得好看，往往要制

  作各种模子，在葫芦长到雏形时套上，按模子长，行话叫"范"或"匏"。

  而本长是没有经过人工匏制的，所以更有价值。

· 秀气——老北京人管长得细瘦的人叫秀气，后来引申为办事或送人的东西抠

  抠索索，小气，不大方叫秀气。

· 小叶紫——小叶紫檀的简称。一种珍贵的红木品种。叶字，要儿化韵，读小

  叶儿。

- 满天星——小叶紫檀讲究木纹细密，在深色的纹理中隐现金色的棕眼，行话叫星，满天星即木纹中隐现着许许多多的小星，"满天"是形容其多。
- 信托商店——委托代卖物品的商店。计划经济时代，人们想卖旧货一般都到这种商店，当时北京各个城区都有。
- 一槽儿烂——只能用但不可修复的用品，以木制品为主。
- 虫儿把式——虫儿指的是北京人喜欢玩的四大鸣虫儿，即：蛐蛐儿、蝈蝈儿、金钟儿、油葫芦。其中蛐蛐儿又属于斗虫儿。把式是指有一技之长的人，过去也叫师傅。虫儿把式即饲养虫儿的师傅。老北京讲究的有钱人玩花鸟鱼虫，只玩不养，单雇把式（师傅）到家里饲养。
- 打将军——蟋蟀叫百日虫儿，也就是活不过百天，到立冬还活着并能斗的蟋蟀非常少，而能坚持斗到最后的虫儿，被玩虫儿人封为"大将军"。打将军，即斗到最后当上"大将军"的虫儿。
- 给个价儿——向对方问价儿。是一种客套，并非真心。所以对方往往也是随意说价儿，以讨问价儿人的欢喜。
- 财神爷——北京人对有钱人的谑称。并非通常人们说的财神爷。
- 开个价儿——给出的价儿。
- 把底告诉他——底，指的是底细。
- 水忒深——水太深。意思是情形非常复杂。忒，读 tei。
- 拍出来——拿出来的意思，但这个"拍"字，表明拿出来的时候表情不一般。

· 斗法——法，是心术、心计的意思。斗法，就是斗心眼。法，读去声。

· 釉色——瓷器釉的颜色，但玩瓷器的人讲究不光看什么色，而且要看其色泽、光亮度等。

· 掌眼——请行家用慧眼来鉴定物件。

· 量量活——请行家断定某件藏品的真假。

· 判死刑了——比喻之说，如果你的藏品是假的，专家给出结论，没人再买了，等于宣判死刑。

· 淘换——四处寻觅。

· 给个身份——专家认可其年代，窑口，真假。身份，即什么年代什么窑口的物件。

· 年款——瓷器是某年烧制的，在底部都有款识，这种款识亦称年款。款字，要儿化韵，读款儿。下同。

· 压手——东西上手后感觉沉实，通常真的器物有这种手感。手感发轻发飘的器物多为假的。

· 老窑——年代久的窑。主要指有历史记载的名窑。

· 洒金——玩家想买某人手里的藏品，嫌贵或手里钱不够，又担心人家卖给别人，所以故意说一个高价，让他卖不出去，自己有了钱再回来买。也有犯坏的，故意说个高价，让东西砸在对方手里，这些都属于洒金。

· 贼光——瓷器釉面的光泽非常亮，刺眼。贼，是不正常的意思。

· 捡漏儿——把不被人们看好，漏掉的珍贵藏品，用低廉的价格买到手，称之为捡漏儿。这种情况多发生在民间的地摊或农村。

· 做旧——仿制的老物件为了让它显得老，故意使用各种手法，按原有的样子把它变旧。

· 打了眼——把假的当成真的了，其寓意是指东西把眼给打了，而非指人。

· 瓷胎——瓷器在入窑烧制前的坯胎。胎，读 tanr，"摊儿"的音。

· 光愣——瓷器的釉色光泽看上去愣头愣脑，光泽不正常的意思。

· 沙眼——瓷器的釉面有微小的颗粒状，看上去不明显。

· 高仿——非常高级的仿制，能以假乱真。

· 《中国陶瓷史》——瓷器收藏爱好者和玩家离不开的工具书。影响比较大的是冯先铭著和中国硅酸盐学会编著的两部，许多玩家最初是参看此书入门的。

· 御制款——御，是皇帝的专用字。御制款即瓷器底部印制的带皇帝年号的款识，如"大清乾隆年制"。

· 底款——瓷器底部的款识。

· 抹子·翅子——玩虫儿者，根据鸣虫儿的特点和形状起的名儿。

· 罐家——老北京人对玩虫儿大家的称谓。因蟋蟀是在澄泥罐饲养，斗蟋蟀时也在罐里，玩虫儿名家在玩虫儿的同时也玩罐儿，所以有此说法。

· 紫檀条子——制作鸟笼子的一个个小立棍儿，行话叫条子。紫檀木做的叫紫檀条子。

· 老派儿——年纪大且有做派的人,北京人叫老派儿。派,要读 panr。"盼儿"的音。这个词也有老年间做派的意思。派,在北京话是派头的意思,派头是气质不俗,言谈举止与众不同,属中性词,如说这个人有派头,并非贬义。派头的派,读 pai。

· 够范儿——范,本是戏曲演员在翻跟头或做武打动作前的准备姿势,也称"起范儿",后引申为一种做派或牛气的样子。

· 本功儿——本来从事的行当,或是靠这个养家糊口的工作。也可写成本工,但北京话要加儿化韵。

· 买家——这是玩家术语,即买东西的人。

· 泄底——泄露底细。

· 长后眼——眼睛长到脑袋后头,是不可能的事。所谓长后眼,就是能看到后来发生的事,当然这也是不可能的事。

· 编故事——玩家术语。为了让假的当真的卖,或者东西是真的但不值钱,却想卖一个高价,故意假托某人,编造一个生动的故事。这是现在古玩市场常见的弊端之一。

· 连翻几个跟头——即连续涨价的意思。

· 心里撒盐——心里有了创伤,又在上面撒盐,只能增加其痛苦。此语就是这个意思。

· 盘串儿——盘，是玩家数语，即在手里不停地把玩，通过手上的油渍汗渍和体温等，让它变色，润泽油光，也叫包浆。盘串儿，就是在手里把玩手串儿。

· 得着——得到的意思。通常在获取别人白给自己的东西，或者终于找到自己得到的东西时才说。

· 棒槌——外行。

· 做局——设圈套。

· 拍卖佣金——委托拍卖公司拍卖所付的费用。

· 憨儿——蝈蝈儿的名称。

· 御窑厂——烧制皇家用瓷器的厂子，主要在景德镇。

· 瓷片——瓷器的碎片。专门有收藏这类的玩家，因为名贵的瓷器的碎片也有研究价值和观赏性。

· 把脉——知道对方的一举一动的意思，如同医生在给病人号脉。把，是掌握之意。

· 爷——爷在北京话里有四种意思：一、长辈的称呼；二、对男人的尊称；三、对某种行为怪异、有个性人的谑称；四、对人的一种调侃。也叫北京大爷。大，读 de，"的"的音。

· 礼数多——礼节礼貌规矩多。

· 老例儿——老年间传下来的规矩和礼俗。

· 小么大的——老北京人对晚辈儿的谑称。

· 扯闲篇儿——闲聊天。

· 老照顾主儿——非常熟的老顾客。过去的商家对顾客非常敬重，认为顾客来买东西是照顾自己的买卖，所以对老顾客尊为老照顾主儿。

· 带到沟里——有不可告人的目的，把人引到阴沟里。即把好人带坏的意思。

· 哪一出儿——疑问句"什么事儿"的意思。一出儿，即一出儿戏。老北京人喜欢京剧，常常以戏为话引子。哪一出儿，实际上是哪一出戏的简化用语。

· 乌头点子——鸽子的名称。

· 万元户——改革开放后早期的富人。当时人均年收入只有几百块钱，能达到财富万元的家庭凤毛麟角。所以那会儿的人以一万为富翁的标志。

· 饭口儿——吃饭的当口，即吃饭的时间。

· 小玩儿闹——20 世纪七八十年代，对调皮捣蛋的年轻人的谑称。

· 会会他——见见他。会，是会面的意思。

· 冬储大白菜——计划经济年代，大白菜是北京人过冬的当家菜，整个冬天吃的菜以大白菜为主。所以在 11 月的秋末冬初，家家户户都储存大白菜。那会儿是按户供应，菜价极便宜，一斤 3 分或 5 分。由副食店向居民出售。这种现象直到 20 世纪 90 年代中期才结束。

· 粮票油票——计划经济年代，买粮食（包括各种熟食）和食用油所需的票证。

· 该着了——到时候了的意思。"到时候了，应该马上办。"的简化用语。着，读轻声，"这"的音。

· 那当儿——那会儿。

· 装什么大瓣蒜——装傻充愣，即装蒜。

· 裉节儿——关键时刻。裉，是衣服对襟的连接处，即关键部位。

· 蹿秧子——急眼了。这是一个形容词，蹿，是跳起来。秧子是植物的幼苗，在北京话里是贬义，即"什么东西"的意思，但在这个词里属于词缀，并无实际意义。

· 老相好儿的——老情人。

· 摆谱儿——在北京话里，谱儿是排场、外表体面、做派与众不同的意思。摆谱儿，就是讲排场，要体面，以显示自己高人一头。

· 饭局——局字是有讲儿的，其中有棋盘和圈套之意。所谓饭局是指有人为了达到某种目的特地做东设宴请客。并非普通的宴会或下馆子吃饭。现在人常常弄混。

· 大团结——20世纪80年代，对10元人民币纸币的谑称。因为纸币上有各族人民大团结的图案，故有此说。

· 扎大款——大款是20世纪八九十年代的流行语，即有钱的人。所谓扎，是在他们身上扎针，让其出血之意，即想方设法让他们掏钱，干自己想干的事。

· 摆堂会——老北京人有喜庆之事，请名角儿到宅门里演唱叫堂会。此外设家宴，把饭庄的名厨师请到家里掌灶，也称堂会。

· 八大楼——老北京八家有名的鲁菜饭庄，即：正阳楼、东兴楼、泰丰楼、鸿兴楼、新丰楼、安福楼、致美楼、春华楼。有的现在还营业。

· 砂锅居——北京老字号餐馆，以砂锅白肉著名。

· 镚子儿——镚子即钢镚儿，硬币。镚子儿没有，就是一分钱也没有的意思。子，要读轻音加儿化韵。

· 局子——即公安局。原本是黑话，后变成俚语，凡是被公安部门拘留，都可说"进了局子"。

· 卖葱——卖弄之意。

· 吃过水面——从中得到好处的意思。煮熟的面过一遍水，自然水会留下面的成分。

· 请安——满族旗人的礼节，现在已没有了。

· 原装儿——厂家自己生产组装的产品，主要指家用电器等。装字要带儿化韵。

· 21 遥——21 英寸带遥控的彩色电视机的简称。20 世纪八九十年代，比较时尚的家电。

· 孝敬您的——北京人的敬语，即送给您的。一般是晚辈对长辈才说这话，但有时也是奉承话。

· 码棋——出主意的意思。

· 挨瞪——挨骂之意。老北京人往往用眼神表达某种情绪，对某人某事不满，并不直接说出来或骂出来，用瞪眼表达愤懑。所以别挨瞪了，就是别挨骂了。

· 盘道——相互之间用委婉的对话，套出对方的底细。

· 大面儿上——表面。

· 铺底子——老字号店铺的家底儿，包括物质和非物质的。

· 拔份儿——抬高自己的地位和身份，有时特指技艺方面。

· 耳顺之年——即 60 岁以后。此语出自《论语》："六十而耳顺。"

· 劈材——过去北京人生煤炉引火用的劈得很短的木材。

· 绷着——拿着劲儿的意思。

· 变戏——改变主意。

· 满街筒子——满大街。

· 猫腻——有不可告人的隐秘、内情。搞鬼，玩假招子。

· 闪了——回避、闪开。躲到一边，找不到意思。

· 耍骨头——老北京要饭的乞丐手里拿两个牛骨头，边要边说数来宝。这个词
　　由此而来，有两个意思：开玩笑，逗乐；寻衅，滋事。

· 照面儿——照，是面对面地看着。照面儿是见一面的意思。

· 局气——豪爽仗义、能容人，守规矩。比较典型的北京人的性格。

· 姥姥——满语：乱说的意思。引申为反驳用语，相当于：哼，不行，胡说，
　　你敢，你也配。最后一个姥字，要重音上扬。

· 是个儿——一个顶一个。有是不是对手的意思。

· 圆场——本来某事有礼节上的缺失或举止言谈有不周全的地方，但通过得体
　　的话把这种缺失弥补过来。也叫打圆场。

· 玩砸了——没有成功。

· 白嘴儿涮肠子——白嘴儿，即什么都不就，干喝的意思。涮肠子，即喝茶，
   这是典型的老北京话。

· 那个茬儿——那件事儿。茬儿，是茬口儿之意，但这个词里并无所指，而是
   泛指"事情"。

· 估摸着——估计，但北京话里的这个词更生动。摸字，讹化，读"目"。

· 一百号人——一百多个人。老北京管一个人叫"有一号"。

· 一根筋——死心眼，性格执拗，难以变通。

· 够二的——二是"二百五"的简称。

· 气迷心——气迷于心，偏执于某种事而难于自拔。

· 认栽——栽，是栽跟头。认栽是认输，服气了的意思。

· 麻利儿的——快点儿，赶紧的。

· 块堆儿——一起。块，读块儿，有儿化韵。

· 老运——老来之运气和运势。

· 阳寿——寿命的年数。老北京人迷信的说法人有阴阳两寿，都是命中注定的，
   阳寿是指人在阳间的寿数。

· 海话——大话之意。神侃神聊的话。

· 救场——临时替人出场演出。

· 皇气儿——皇家之气。

· 一水儿——都是一样的。

· 戳腔儿——说话拿腔拿调，态度傲慢。有时对别人中间插话或提出相反意见
时，表示自己的反感，往往也说："你在这儿戳什么腔？"

· 敢开牙——敢张嘴说话。通常是对方感到不可能办到的事，却敢让对方去办。

· 什么秧子——什么东西。

· 逗咳嗽——逗气儿，找茬儿要打架。

· 敢攘——攘，有随手抛弃、扔掉的意思。敢攘，即敢把很贵重的东西随便给
人，或把很多钱随便花掉。攘，读 rang。

· 九百多个——九百多万。一个，在 20 世纪 90 年代是"一个草字头"的简化用语。
草字头，指"万"的繁体字"萬"上面的草字头。

· 摽着膀子——互相比试着去干某种事。

· 神仙会——各种人凑到一起神聊海聊。

· 那茬儿人——那一辈儿或那一代人。

· 关门誓——关门，即关起门来。比喻发的是狠誓。

· 干拿俸禄——俸禄是从前官吏的薪水。干拿俸禄是只挂个虚名，干拿工资的
意思。

· 感冒——感兴趣。

· 揣闷葫芦——心里纳闷。

· 封着口儿——把嘴封上，不往外传的意思。

· 见面就掐——掐，是吵架拌嘴，也有动手打架的含义。但这句话的意思是俩人经常吵嘴。

· 眼晕——被某事弄得眼花缭乱，不解其意。

· 谭家菜——老北京最有名的私家菜，也叫官府菜。现在还在营业。

· 幺蛾子——节外生枝。也有出坏主意、歪点子的意思。也说幺蛾儿。

· 翻篇儿——事情已经过去了，如同看书翻过一页。

· 挪窝儿——搬家。

· 七团八尖——团是指螃蟹壳是微圆的，尖是微微有点儿尖。团是母，有黄儿；尖是公，有膏儿。以北方来说，农历的七月份吃母螃蟹，八月份吃公螃蟹，这时比较肥。

· 好这口儿——喜欢吃这种东西，或喜欢某种口味。好，读hào，"号"的音。

· 正阳楼——老北京有名的鲁菜馆，八大楼之一。

· 胜芳镇——邻近天津的古镇，那地方的河蟹非常有名。

· 添堵——增加心中的烦恼和不快。

· 摊牌——把事儿说开，摆在明面儿上。

· 分一杯羹——从中分得一部分。通常是指本来没有自己的份儿，非要得到。

· 插一杠子——中间插手干某事。

· 没商量——态度坚决，不能更改的意思。

· 有脾气吗——有办法吗？脾气，在这儿特指办法。

· 晕菜——晕头转向，弄不明白对方说什么。

· 没打嗑呗儿——没有犹豫。

· 冤大头——白花钱财而不自知，愚笨，缺心眼。大头，在北京话里是呆傻之意。

· 抻荏儿——搭理之意，接别人的话题往下说。

· 八张儿——80 岁。一张儿是一张"大团结"的意思，即 10 元人民币，所以
  一张儿是 10 的代名词，几张儿就是几十。

· 烟筒胡同——火葬场的谑称。

· 轴——性格倔强，个性强。

· 死性——死心眼，认死理，轻易不开窍的意思。

· 爱谁谁——爱怎么样就这么样，不管他是谁，豁出去了的意思。

· 爷劲儿——爷的性格、劲头儿。

· 心里上了弦——心里对某件事有警惕。

· 有病——心里有毛病。即神经不正常。

· 挤兑——欺负，羞辱。兑，读 dei，"嘚"的音。

· 熬头——扫兴、懊恼，内心苦闷。头，读轻声，"透"的音。

· 二货——不懂人情世故，又常常犯浑的人。

· 业障——作孽、罪孽。

· 米寿——88 岁寿辰。因"米"字有两个八，故有此说。

· 全聚德——北京有名的烧鸭店。

· 蔫不出溜——不声不响地离开。

· 烟幕弹——故意制造某种假象，迷惑不明真相的人。

· 冒泡儿——露头，露面了的意思。

· 咳嗽一声——言语一声的意思。在交际场合，咳嗽往往是某种暗示，明白这
　个，就知道咳嗽一声跟言语一声的微妙区别了。

· 预备银子——银子就是过去的钱。预备银子是相互开玩笑的说法。

· 神经了——一下子神经病了的简化用语。当然一个人不可能突然就得神经病，
　这是一种夸张的说法。

· 阴阳两界——生死两个世界。

· 大脑进水——犯糊涂，犯傻的意思。

· 八卦——神聊。

· 节气口儿——恰逢某个节气如立冬、立夏的时候。

· 进去了——被公安部门捉进去了（拘留）的隐语。

· 装风斗儿——用来通风的纸糊的生活用品，形状像长三角形的簸箕，一头高
　一头低。过去住平房的北京人冬季取暖都用煤炉，为了通风，必须安装这个。
　通常是自己动手糊，日杂商店也有卖的。

· 往回翻篇儿——回忆过去的事儿。

· 大酒缸——老北京的小酒馆。

· 水屋子——从前北京胡同里没有自来水，居民生活用水都到胡同里的水井打

水。水井是个人经营，打水需要花钱，看水井的在井旁有个简易的小屋子，所以人们管胡同里的水井叫水屋子。

· 剃头棚儿——剃头的师傅为遮风挡雨，在胡同僻静的地方临时搭的小棚子。北京解放后城区基本看不到了。

· 倒腾——来回倒手买卖。

· 候着——恭敬地等候着。侯，音同"后"

· 哼两口儿——唱两口儿，一般指唱戏。

· 二黄——即京剧。二黄是戏曲的声腔之一，跟西皮合称"皮黄"，因为是京剧的主要声腔，所以成了京剧的别称。也写成"二簧"。

刘一达

2017 年 1 月

创作谈

十年心血写《玩家》

刘一达

八月的北京，酷暑未消。但让北京人感到热浪扑面的不是天气，而是北京人艺的一部京味儿大戏《玩家》。喜欢北京文化的人都在热议这部戏，平时对话剧并不感兴趣的人，也争相到首都剧场去欣赏这部戏。这部戏刚公演就一票难求。许多北京人说：北京人艺久违的京味儿戏演出盛况又回来了。《玩家》这部戏写的是什么？编剧为什么要写这部戏，编剧又有怎样的创作经历？这里，我们请《玩家》的编剧刘一达谈谈自己的创作体会。

玩家一词 来之不易

玩家？很多朋友对"玩家"这个词觉得有些生分。

是呀！不了解这个词儿，就没法聊《玩家》这部戏，所以，在谈剧本之前，还是先说说"玩家"这个词儿吧。

什么叫玩家？

说句老实话，《新华字典》没这个词，《现代汉语词典》里也没有。不信，您就去翻。

毫无疑问，"玩家"算是北京土话，但比较权威的北京出版社出版的《北京土语词典》、商务印书馆出版的《北京方言词典》、中华书局出版的《北京话词典》里也没有这个词。不信，您也可以去验证。

为什么这个词儿词典里没有呢？因为这个词最早是出现在我写的文章里的，换句话说"玩家"这个词是我发明的。

您可能会问，你写了那么多京味儿文章，许多北京话词典里引用的例句都出自你的文章，为什么词典里不把玩家列入词条里呢？

也许是人艺排的《玩家》还没上演的缘故吧。当然这是一句玩笑。我认为玩家之所以还没入典，跟人们对玩家的认识有很大关系。

您如果翻开《词典》，看玩家的词条，就会发现，人们对"玩"存在着种种偏见，不是玩物丧志，就是玩世不恭，此外就是玩弄、玩乎、玩命、玩偶、玩完。

稍微好一点儿的词是玩票、玩耍、玩笑，可这是夸人的词吗？

所以，当年我在《北京晚报》上，以整版的篇幅发表《京城"四大玩家"》时，在社会上引起很大反响，收到了大量读者来信，其中有中国社科院的一位研究员，死乞白赖把我约到他们单位。

他的观点是我的"玩家"提法，违背了"四项基本原则"，对社会会产生一种误导，因此玩家思想是错误的。

我没想到"玩家"这个词儿，让老先生给"玩"出"思想"来。我跟老先生辩论了一下午，当然也没有说服他。

但我坚持认为"玩家"的提法没错儿。这位研究员把民间的说法扯到政治上去，实在是政治神经过于敏感。

我之所以发明"玩家"这两个字，或者说我干吗当时写收藏家，要用"玩家"这个词，主要是觉得这个词儿有京味儿，当然也符合人们搞收藏的特点。

当时不但在北京，在全国各地，民间收藏已经悄然兴起，而且有一种来势凶猛的劲头，这种收藏热是从集邮开始的，慢慢发展到古玩和其他杂项。作为一个记者，我敏锐地感到这是一种不可遏止的社会发展趋势。

为什么呢？因为我意识到在中国人的温饱问题没解决之前，能不能活着是生活的第一要务。当解决了温饱问题，生活进入小康以后，怎么活着成了生活的第一要务。玩，实际上就是人在怎么活得舒坦上的一种时尚。

老北京人喜欢玩，过去"花鸟鱼虫"号称是京城的"四大玩"，这属于寻常的玩，现在人们生活水平提高了，玩的东西自然越来越高雅，越来越讲究了，比如瓷器、玉器、景泰蓝、字画、碑帖、文房四宝等，过去叫文玩，只有皇亲国戚和达官显贵才能玩，现在这些文玩已经进入寻常百姓家。这难道不是社会的变化和一种进步吗？

从一个玩字上，可以折射出改革开放以后社会的发展和变迁，折射出老百姓的心态。这是我当时的认识。

当然，从 199 几年开始，民间出现的收藏热高烧不退，一直持续到现在，成为民间资本投资的一大热点，这也证实了我当时的观点没有错。

正因为如此，我认为，我们再不能用原来的眼光看待这个"玩"字了。玩，还有更深更广的领域，比如旅游算不算玩？运动健身是不是玩？

当一个人玩到一定水平，玩到一定境界，就可以称之为家了。老北京人有句话："这算玩到家了！"大概就是这个意思。

这么一说，您知道玩家的出处了吧？

事实证明我当时提出的观点和对玩家的理解是对的。

尽管我报道的"四大玩家"当时饱受质疑，但一晃儿20年过去了，这"四大玩家"依然是目前国内顶级的收藏家，他们是玩瓷器的马未都，玩字画的刘文杰，玩古籍的田涛，玩古典家具的张德祥。您要是对收藏界熟悉的话，不能不认识他们。历史证明我的眼力没有错。

这之后，我又采访了许多玩家，并出版了《京城玩家》、《爷是玩家》两本书，玩家这个词也得到了社会的认可。

当时月坛集邮市场挪到马甸，组建福尼特古玩市场，董事长樊德安慕名找我说，为体现京味儿，想借用我的书名，用玩家当市场名儿。我很痛快地答应了，于是才有了福尼特玩家大世界。

"玩家大世界"并没叫起来，但随着人艺的京味儿大戏《玩家》公演，我想这个词会妇孺皆知的。

需要说明的是："玩"与"完"同音，北京人忌讳"完"字，所以"玩"一定要儿化韵，读玩儿。

选题玩家 反映现实

《玩家》的剧本我写了 10 年，可谓十年磨一剑。这剑是怎么磨出来的呢？下面跟您聊聊这个剧本的创作经历。

首先得跟您解释一句，您别一看十年磨一剑，就以为我受了多少折磨。千万别这么看。

打磨一部剧，您得有好的心态。写的是玩家，所以得有玩家的心态。当有了这种心态以后，您就不觉得磨是一种累活苦活儿，反倒觉得这是一种乐趣了。

自然，这和工匠精神是两个概念。其实，从某种意义上说，玩家的心态恰恰是工匠精神的具体体现，只不过许多人难以理解这种心态而已。

众所周知，北京人艺是北京话剧的最高殿堂，也是北京文化的一张名片。这些年，北京人艺上演的每部作品，都会引起北京人的关注，当然，关注度有大有小。

为什么北京人这么喜爱北京人艺？两个字：京味！再加俩字：还是京味！

但是近些年，北京人艺演出的剧目里京味戏少了。人艺的京味儿淡了，少了，当然要让北京人失望，也会让人艺迷泪奔。

什么原因呢？

演员阵容不行？领导不重视？北京城市改造的大环境造成的？

都不是，主要原因是没有好剧本。

为此，剧院的领导邀请了十余位在京城创作活跃，有点儿影响的作家，组成了一支创作队伍，有莫言，刘恒，万方，邹静之，李龙云等，我也是其中之一。

这支创作队伍可谓实力雄厚，而且他们也没辜负剧院领导的期望，这几年，他们都有剧作在人艺舞台上演，只有我感到惭愧，因为我动手比别人不晚，但一直在为《玩家》苦苦挣扎。

我之所以选择玩家这个题材呢？因为我在《北京晚报》当了二十多年记者，这二十多年恰恰是北京这座城市变化最大的一个时间段，而我一直在"一线"采访，二十多年始终没放下手中的笔，当然也没有打盹儿愣神的时间放弃对社会对北京人生活状况的观察。

我感觉这些年北京人变化最大的是人们的生活方式和生活观念，比如二三十年前，人们能想象到今天的北京，马路上跑的多是私家车，人们谈事到茶馆，请客到饭店，住着上百平米的房子，来不来就东南亚或欧洲玩一趟，家里挂着名人字画，脖子上戴着翡翠牌子等等，绝对想不到。

当然最主要的是说话方式，人们已经不再为温饱发愁，有了时间，有了钱，有了地方，当然也就有了新的追求和雅好，比如玩收藏、跳广场舞、结伴驾车郊游、出国旅游等。这些变化是不知不觉中发生的，只有蓦然回首，您才会生出感慨来。

我认为最能反映这种社会变化的就是收藏。当年粮票是买粮食的凭证，二十年以后它成了收藏品，您说这种变化大不大？

　　正因为如此，当人艺让作家报选题时，我经过反复思考，选择了收藏的话题。如上所说，我从 20 世纪 80 年代末就关注北京人的收藏，这么多年，我采访过无数玩家，也曾在《北京晚报》办过"收藏"专版，还出过两本书，我对这个领域太熟悉了。

　　我的这个选题拿出来后，很快得到了人艺领导和院艺委会的认可。2006 年，正好是改革开放 30 周年，当时市委宣传部希望北京人也能在这样一个有纪念意义的年份里，推出一部反映现实生活的大戏，表现 30 年来北京的城市发展变化。

　　我的这个选题正好符合这个要求，经过人艺领导和当时主管剧院业务的副院长任鸣研究，剧本定名《玩家》，我很快就开始了剧本素材的整理和剧情的构思。

精心打磨 十年一剑

　　记得《玩家》剧本的第一稿拿出来后，人艺的院领导异常欣喜，因为这个本子能定下了，抓紧时间排练，还能赶上向改革开放 30 周年"献礼"。

　　但是在北京人艺，剧本能否上演，要通过艺委会这一关。艺委会的成员们看了剧本后，意见产生了分歧，多数人认为《玩家》的剧本题材虽好，作者的语言功力也没得说，但剧本距离演出还有很大距离，突出一点就是剧本太长，大约七万字。

这样人艺的领导便陷入两难的境地，一是《玩家》选题已经上报市委宣传部和文化部，如果不能公演，会不会对人艺有影响？二是在《玩家》剧本的创作同时，还有五个反映现实生活的剧本在同时进行创作，有几部已经完成，要不要舍弃《玩家》，另选其他剧本？

院领导经过反复研究，最后果断做出决定，既然《玩家》的选题好语言好，人物生动，故事也还完整，只是剧情过于繁杂混乱，人物的矛盾冲突不合理，为什么就轻易放弃了呢？不能急于求成，也不能放弃！宁可不参加献礼，不参加评奖，也不放弃《玩家》剧本，本着出精品的原则，坚定不移地改下去，细心打磨，不到火候不揭锅。

剧院领导对我的信任，让我很感动，但这样一来，却给我出了难题。

为什么？因为反映收藏的剧本非常难写。众所周知收藏是非常需要学问、眼力和智慧的，许多事儿行里人一看就懂，但话剧是给老百姓看的，您不给他讲明白，他往往看不懂剧情，比如元青花为什么值钱？为什么元青花假的多？您怎么就知道它是真是假？这些您都得跟观众有个交代。第一稿为什么那么长，就因为如此。

曾在人艺当过编剧，写过《小井胡同》的李龙云曾跟我说过，收藏的题材在他脑子酝酿了十多年，但他认为太难写了，所以直到他去世也没敢贸然动笔。李先生本身就是玩瓷器的藏家。他能说出这话,可见写收藏题材话剧之难。

但人艺不放弃,我更没理由放弃。为此,我又对整个剧本重新构思。最初,为了能让观众看懂,我在收藏本身上下得功夫大,融入了许多专业知识,经过顾威、任鸣等人艺老导演的指点和我的深思熟虑,我抛弃了原来的初衷,注重于人物命运和性格的描写,而对收藏的过程和知识进行了大删大改,与此同时,又对人物和故事情节做了很大调整。

到第四稿拿出来,人艺的领导和艺委会的专家终于认为有点儿模样了,但离演出特别是精品,大家依然觉得还欠火候。

北京人艺就是北京人艺,这是个坚守"戏比天大"的艺术团体。在这样一个把艺术当生命的殿堂面前,来不得半点粗心大意。重任在肩,我只好再回到案头,重新打磨这部戏。

到 2010 年,早已经错过了改革开放 30 年和新中国成立 60 年等"献礼"因素,改这部戏也没有任何功利色彩了。

"不急,慢工才能出细活。"院领导对我说。这句话让我心里有了底,但也让我感到"路漫漫其修远兮"。

慧眼识珠一波三折

我在很多场合说,《玩家》能演出成功,得感谢这部戏的导演任鸣院长。从某种意义上说，没有任鸣院长，就没有《玩家》这部戏。

我说这话，没有一点奉承的意思，完全是实事求是。

当初是任院长慧眼识珠，看上了这个剧本，而且他特看好这个选题。我觉得他是个非常有韧性的人，用句时髦的话说，不管遇到多少阻力和困难，看准了事不改初心。正是他的参与和努力，才有《玩家》的今天。

为什么我跟任院长能想到一起呢？因为我们都是北京生北京长起来的。巧合的是我跟任院还是"发小儿"和校友。

我们家住西单辟才胡同，他住武定侯胡同，两条胡同隔一条太平桥大街。他是在那条胡同商业部大院长大的，我比他大几岁，但我的几个中学同学住那个大院，我去过不知多少回。另外，我们中学都是在北京师大实验中学念的，所以我们有的聊。

当然，我说有的聊，指的是我们对《玩家》这部戏的共同看法。

首先，我们觉得玩是北京人生活的一大主题，老北京有花鸟鱼虫"四大玩"。谁家不养两盆花呀！而且当年的热带鱼热，君子兰热，集邮热，我们都经历过。

改革开放以后的收藏热更是社会热点话题，从开始家藏老物价件，渴望一夜暴富的，到假货泛滥，从拍卖问世，到资本介入等等，越玩越大，也越玩越悬，所以写玩，算是抓住了人们关注的社会热点。

其次，玩可以深度反映社会现实，反映人的内心世界和本性，反映社会的发展变化。剧本以三幕八场，反映三个不同历史时间段人们的生存状态和社会现实，也是非常有现实意义的。因为这三个时间段可以概括北京城的历史发展，反映在这个历史变化过程中人们的心灵历程。

任院长之所以看好这个戏，就是因为剧本的思路和架子搭得好，缺的是如何使人物关系更合理，故事悬念更有嚼头，主题更明朗，思想更深刻，简单说就是房子的架子有了，怎么内部设计，安什么窗户门还要细致考虑。

在这个过程当中，我多次得到任院长的鼓励，同时这部戏也得到社会各界人士的支持。在任院长的关心下，《玩家》这个剧本在十年的打磨过程中，参加了全国新剧本研讨会，在上会的五个现实主义题材剧本里，获得专家的一致好评，而且剧本在全国剧协办的《剧本》杂志上发表。

按说剧本都在全国顶尖的剧本杂志上发表了，许多话剧迷也翘首以待，北京人艺该揭锅了吧，但此时的人艺对《玩家》依然是四个字：继续修改。

乖乖！当时已经修改到十一稿了！这真是对一个编剧耐心的考验。

当我改出第十二稿后，北京剧协和北京作协专门为这个剧本召开了研讨会，想给这部戏加把火。之后，又找了几位国内戏剧界的老专家提意见。他们对这部戏给予了很高的评价。

在这种情况下，人艺还是没把它列为当年的演出计划。我记得当时的张和平院长在研究剧本时，说过这么一句话：《玩家》这部戏要有"两个超越"，一个是从现实主义题材的角度要超越老舍的《茶馆》；另一个是从你刘一达的创作角度，要超越以前所有的作品。

啊，这"两个超越"如同两座山呀！尤其是第一个超越。老舍是谁呀？那是一座难以逾越的高峰呀！我明白这是院领导为打造精品，对我的严要求。

虽然这是一种高标准严要求，但我还是没有泄气，坚持改下去。

当然，在这期间任院长，包括《玩家》的几位主演冯远征，丛林等人都对剧本的人物关系和剧情，提出了更合理的宝贵意见。尤其重要的是，我和任院长对玩家的本质和境界上，有了更深的理解，把这部戏大的命题落在真与假的认识上。

从某种意义上说，如何对待真与假，是人类永恒的一个主题。主题这样一深化，故事改编起来就顺手了！于是有了十三稿，十四稿，到最后的定稿。

吐露心声 三个看点

我不是学戏剧专业的，但我是看戏剧长大的。您也许不知道，我20岁的时候就写出了五幕话剧《闯路人》。

当时是1974年，"文化大革命"还没结束，我在工厂当工人，北京文联解散后，成立了一个北京职工业余文学创作联络办公室，这个办公室组织市属单位的职工进行戏剧创作，我根据自己在工厂的生活，写出了这个剧本。这个剧本后来由他们拿到当时的北京人艺即北京话剧团，让苏民老师看过，他们居然对这个剧本给予肯定，提了一些意见让我修改，但最后因为政治因素而搁浅。

我说这段历史，不是表白自己写剧本的资格有多长，只是想告诉大家，对戏剧我并不陌生。

我是学新闻的，在工厂当过工人，在北京市委统战部工作过，后来在《北京晚报》当了24年记者，我一直研究北京文化，也出版了十多部长篇小说，其中五部被改编成电视剧播出。

我一直坚信传统文化的生命力。对话剧而言，它虽然是舶来品，但传统话剧也是以话为魂的。所以我认为话剧离开话，离开故事，离开人物，将成为闹剧。《玩家》在写作之初，任鸣院长就对我说，咱们不能浮躁，不能标新立异，要踏踏实实写一部戏，写好故事，写好人物。

我理解他说的踏实是什么？诸位不认为现在戏剧舞台很浮躁吗？是的，现在踏踏实实干事的人少，虚头巴脑，大轰大嗡，起哄驾秧子人多，标新立异，哗众取宠的人多。

因此，要沉得住气。不能玩花架子。现在外国戏剧大量涌进，我们要有自己的东西，模仿西方戏剧先锋派，现代派的手法，非常容易，但洋货毕竟不是自己的玩意儿，或者说不是北京人艺的玩意儿。北京老百姓不喜欢。

北京老百姓喜欢的什么，地道的京味儿，外地观众喜欢看人艺的什么？也是京味儿。所以这是我要坚持的。

但在坚持传统的基础上也要有创新。《玩家》在这方面做了努力，它跟传统的京味儿戏是有所区别的，是往前走的，也是接地气的。

《玩家》这部戏有三个看点：

一、这部戏主要写的是人物命运。剧中主要人物的命运在剧情的演进过程中都有所体现，这些小人物的不同命运，也是改革开放这三十多年北京人的命运缩影。

二、这部戏刻画了十几个典型性格的典型人物，可以说有血有肉，比较鲜活生动，这些人物也是北京人典型性格的写照。

三、这部戏的最大看点是人物的语言，可以说语言京味儿十足。演员的每个台词都做了精心的推敲和锤炼，应该是最地道的京味儿语言，可以作为学习北京话的很好的教材。

一部戏的成功，不全是靠编剧。《玩家》凝聚着导演及所有演职员的心血。在人艺的排演厅，"戏比天大"四个大字格外醒目，这是人艺的宗旨。

当然，打造一部经典大戏并不容易，《玩家》虽然首演非常成功，但我认为离经典还有距离。为北京人艺打造一部经典之作，这是我多年的梦想。但愿梦想成真。我们共同期待吧！

写于 2016 年 9 月 19 日

北京 如一斋

媒体报道

《玩家》：玩出人艺新京味儿

　　首演前首轮14场门票就已基本售罄；连日来天天都有观众到处求票；每晚22时40分才结束的三个多小时大戏，无人退场，谢幕时满堂叫好……这就是正在首都剧场上演的北京人艺今年唯一一部原创大戏——由京味作家、原北京晚报记者刘一达编剧，北京人艺院长任鸣导演，冯远征、闫锐、杨佳音、梁丹妮、王刚等北京人艺实力派演员主演的京味大戏《玩家》。一位老观众看完之后，激动地感叹道："京味儿大戏又回来了！这是给咱老百姓看的戏！"

"北京话十级大测试"一般的台词

　　《玩家》媒体场演出安排在了8月24日，正是老舍先生逝世50周年的日子。老舍先生可谓是京味儿话剧的开山鼻祖，他的经典名剧《茶馆》无论是语言、结构，还是对人物的塑造、对时代的刻画，不仅让历代观众为之痴迷，也是后代戏剧人不断学习的榜样，当代不少戏剧作品都有对《茶馆》致敬之意。《玩家》也不例外，编剧刘一达说自己就是按照《茶馆》的形式设计《玩家》的，"三幕戏，三个不同的时代，一群搞收藏的玩家，既有老一代，也有新一代，分别代表不同身份的人在三个不同时代背景中的生存方式和命运。"

从小就泡在北京胡同大杂院，和四九城三教九流打交道，有着丰富人生阅历和写作经验的刘一达，二十多岁时便已经能娴熟运用北京土话，至今创作出版了十多部长篇小说、40多部纪实文学、散文、随笔，如今这部"十年磨一剑"的话剧剧本处女作，更是如同一席北京文化的盛筵，让老北京打心眼里觉得亲切痛快，外地人则是满心的好奇与惊喜。

由于故事贯穿20世纪80年代、90年代和当今21世纪三个时代，人物从穿着、语言到做派，都带有浓郁的北京特色和时代气息。当年用粮票换铝锅，用外汇券买彩电；如今"手串佛珠盛行"……各种日常生活细节，展现给人们的，是一幕幕北京人生活习惯和思想观念的转变。"玩意儿、傻帽儿、幺蛾子、逗闷子、拔份子"……相当于"北京话十级大测试"的地道京片子，从北京人艺演员的口中密集而出，对于观众来说简直是太过瘾的语言艺术。捡漏、砸浆、打眼、走眼、洒金、洗货；"什么是古玩，一手进一手出，捣腾着玩，古玩；什么是古董，不捣鼓不懂，一捣鼓就懂，古董。""月亮的背面就是黑暗，每一样东西都有背面，只看你想不想看。""做事情只有两种结果，一种是笑话，一种是神话。"……专业讲究的行家术语，精辟幽默的俗语双关语歇后语，富有禅意的哲理金句，处处体现着中华文化和中国语言艺术的博大精深。

收藏世界里不同的"爷"

　　《玩家》围绕着京城大玩家靳伯安祖传的元青花瓷瓶展开。一个承载着靳家血泪的瓶子，一个 40 多年没人见过真容的瓶子，成为玩家之间一个传说。20 世纪 80 年代后期，收藏在民间不断升温，京城的新老玩家为争夺稀世藏品，展开了心术与智谋的明争暗斗……师徒之间的互相承担，父子之间的摩擦冲突，对手之间的勾心斗角，人的情感与命运，在瓷器和人心的真真假假中跌宕起伏。终了，八十八岁大寿白发苍苍的靳伯安一句"有钱没眼、有眼没钱、有钱有眼还要有缘"，道尽了古玩界的辛酸与天机。剧终，随着一声铿锵有力的"没缘呐"，锤起锤落，碎瓷片滚落一地，惊心动魄的碎裂声，涤荡着一个真正的玩家去伪寻真的决心，也留给人们无尽的哲思……

　　剧中，冯远征扮演的大玩家靳伯安是位出身收藏世家的"爷"，他玩收藏，玩的已经不是东西，而是文化，是学问，是哲理，是境界。什么东西拿到他眼前，他只抬眼一看，心中就已了然。够了一眼，再上手，手头不对，真假自然断定，但面上全不流露，解释起来也是点到为止，给人留面儿。这就是北京的"爷"，有里有面儿，让人敬重。

　　闫锐扮演的齐放，是有着老北京传统的新一代北京玩主儿，痴迷上了收藏，不惜倾家荡产。年轻时性情外露，好恶真假全在嘴上脸上，但其实往往分不清真假。经历了惨痛教训，人生有了积淀，终于将"笑话"玩成了"神话"，成了享誉京城的大玩家；最难得的是，心中看重的，是比"玩意儿"更重的情义。

而杨佳音扮演的宝二爷则完全是另外一种"爷"，他爱的不是古玩而是金钱，每个年代都能找到坑蒙拐骗的门路，到处招摇撞骗从中渔利，他把自己包装成有着显赫身世的王爷后代，还给自己起名"爱新觉罗毓宝"，其造型夸张，举止浮夸，满嘴"跑火车"，各种歪理邪说，但却串联起剧中所有情节和人物，表演极为出彩。和他相比，原本真有着清朝皇室背景的寿五爷，则落魄失意得多，曾经"见过、用过"的没落贵族，甚至要靠卖伪作"杀熟"维生。这也是两种典型的北京人代表。

台上唯一满口外地方言的，是班赞扮演的魏有亮，这个原本只是在北京收破烂儿的外地小木匠，当年甚至把涮羊肉的火锅当成"周朝的鼎"；但却靠着一幅八大山人的假画起家捞到了"第一桶金"，又凭着用心和"勤劳的一双手"，最后竟然也成了开古玩店的大老板。

有因为"玩"而风生水起的，也有因为"玩"而家破人亡的，闫巍扮演的王小民，一辈子就想"捡漏"，结果好不容易得着个好东西，赚了两千元，但后来看到竟然在拍卖行卖了上百万，立马疯了心变成了神经病，抱着垃圾桶非说是青铜器……

生动的语言，鲜活的人物，让不少人艺的老戏迷看完《玩家》后都说："人艺的青年演员，在这个戏里立起来了。"

京味儿最重要的是精神和情怀

从最开始强调京味语言和收藏知识，到后来更注重人物命运和其中深意，刘一达写《玩家》磨了十年，改了12稿，最终写的其实已经不是收藏，他说："为什么要写这部戏？我做了认真的思索，现实生活中，人们都在追求一种真实的美，玩家玩的过程实际就是辨别真与假，那么什么是真实的？我们该如何追求真实的东西？真实的意义又何在呢？《玩家》这部戏其实就是要告诉人们这个看似简单又很深刻的命题。"

《玩家》的导演任鸣是北京人艺特别擅长执导京味话剧的导演，身为北京人，他对排京味儿作品充满感情，他认为"京味儿，最重要的是一种精神，一种情怀。"他希望以自己的方式，用戏剧在舞台上记录北京。在他看来，《玩家》的主题无论过去、现在还是将来，都具有普世价值和长久的寓意，有着超越收藏、超越玩家的形而上的精神内涵。正如全剧最后一句台词："把假的都砸了，真的就来了！"明白了其中深意，才算看懂了《玩家》。

曾经在北京市朝阳区分管文物多年的北京戏剧家协会副主席李龙吟，对这样一部通过"玩家风云"表现"京味儿"的作品非常认可，他说："以老舍先生开创的京味儿话剧一直是北京人艺的看家本领。老舍先生去世后，北京人艺仍然坚持演'北京的地儿，北京的事儿，北京的人儿，北京的味儿'。北京的地儿，北京的事儿，北京的人儿都好摆布，弄出北京的味儿就是真功夫了，北京什么味儿，文字还真不好表达，进了剧场看了戏，你才能体会到：北京的味儿，回来了。《玩家》，这是纪念老舍的戏，这是老舍的传承人献给北京观众的戏，是刘一达和北京人艺坚持京味儿话剧的结晶。任鸣作为院长，作为导演，一直坚持这一点，不简单。"

（记者 王润 王祥摄）

链接

"玩家"一词来自《北京晚报》

"玩家"一词，现在虽然被广为使用，但直到本世纪初时，这个词还无法在《现代汉语词典》、《北京土语词典》等词典中查到。它的由来，其实源自该剧的编剧刘一达。

20世纪90年代，刘一达在《北京晚报》上发表报道《京城"四大玩家"》，一时反响热烈。不过，对于他创造出来的"玩家"一词，专家有不同意见。中国社科院一位研究员还特地约他到社科院，辩论了一下午。

刘一达认为，解决了温饱之后，怎么活着成了人们生活的第一要务。而"玩"，实际上就是在人怎么活得更好上做文章。20世纪90年代以后，收藏热逐渐升温，人们玩的东西也越来越多，越来越讲究。"当一个人玩到一定水平，玩到一定境界，就可以称之为'家'。这就是玩家的出处。"

"玩家"一词来得有趣，写玩家可就未必有趣了。《玩家》的剧本创作历时 10 年，先后经历 12 稿。

（文：李洋）

（原文载于《北京晚报》2016 年 9 月 1 日版）

刘一达：京味儿文化的挖矿工

二十来岁时写文章，满纸的老北京土话，读者来信称他为"刘一达爷爷"；六十来岁时抱上孙子真的成了爷爷，他却每天揣着小本子随时记下年轻人嘴里的新北京话，学习新京味儿。

本月，刘一达的新京味儿话剧《玩家》将在人艺建组开排；20 余万字的长篇小说《红案白案》也将在《小说月报》连载。关于京味儿文化，他一直是边学边用、边用边学，也因此有了自己独到的体悟与见解。他自言，守着北京文化的富矿，挖了一辈子，越挖越感觉太有的挖了。

猛学新词儿

不能用古董语言写当下小说

刘一达是土生土长的北京人，40 多年来他一直熟稔地运用老北京语言进行文学创作，先后推出了《故都子民》《胡同根儿》等一批讲述老北京文化的作品。

这一切都源于他少时的"偷艺"。16 岁时，他成为北京市土产公司下属木制品厂烧炭车间的一名烧炭工，结识了车间内五行八作的老师傅，"有古玩商、天桥艺人、小商贩、洋车夫……"师傅们讲的那些老北京掌故轶闻、奇谈怪事，成为他日后创作的丰富素材，也开启了他对老北京文化由内而外的热爱。

20世纪90年代，刘一达成为《北京晚报》记者。传说，报社编辑部有两位大咖，从业多年始终保持手写的习惯，一位是评论家苏文洋，另一位就是刘一达。三年前，这个传说被改写了。那年，退了休的刘一达学会了用电脑写作。去年，他又开通了微信。

"微信进入人们的生活以后，一场北京话的革命到来了。"刘一达感慨道。从前的北京土话地域性很强，许多词汇是北京特有的。但在网络时代，网友使用语言的地域性不再那么鲜明，语言呈现出高度交汇融通的特点。"再用古董一样的语言写现在的小说，肯定不行了啊。"他说，许多老北京话，现在的人们已经听不懂也用不上了，如果自己跟不上趟，文学上的沟通恐怕会出问题。

每天甭管干什么，刘一达手边都得有个小本本，专门记他听到、看到的新鲜词儿，比如打飞的、段子手、拼友、舔屏、小鲜肉、违和感……

新作《红案白案》

早年"臊干"是如今"键盘侠"

刘一达的小本本如今已经记了20多本，他的写作也悄然发生着变化，最直接的体现就是最新长篇小说《红案白案》。

"新京味儿的新，在内容上表现为反映现实、反映当下，在语言上体现为具有当下时代特色的语言；至于文章叙事方式，也得符合现在读者的阅读习惯。"刘一达说。

红案和白案，是指厨师的分工。简单点说，白案做面食，红案做肉食。早年当记者时，刘一达曾采访过两位老厨师，一位是清代皇宫御膳房老师傅的徒弟，另一位则称自己祖上曾在御膳房工作。报道刊发之后，刘一达发现其中一位厨师在接受采访时说的很多信息不实，这也给了他一次警醒，清代皇宫内的膳单上到底记载了哪些饮食？现在市面上那么多号称"宫里"传出来的菜，到底真实与否？均值得考证。

"于是我就想写一部御膳房题材的作品，以正视听。"刘一达说。为了让故事建立在准确的细节之上，他想尽办法进入到明清两代皇家档案馆皇史宬，一页一页查找膳单。这部小说，一写就是五年。长篇小说毕竟不是民俗读本，终究还是要写人物的命运，刘一达于是将笔触落脚于两家御膳房师傅的后代在当今社会的争与不争。

刘一达说，北京土话中有个词儿叫"臊干"，指代一种人：不干正经事，却总是气人有笑人无，整天品天论地、牢骚满腹。"小说中的两位御膳房师傅，代表两户人家、两类心态、两种命运。一家勤勉干事业，另一家则是典型的'臊干'。"刘一达说，这样的人物以前有，现在依然有，只不过"臊干"的称呼演变成了"键盘侠"或其他名词。

"死""吃"有 40 余种表达

在长篇小说《红案白案》之外，前不久刘一达还完成了历时七年创作的话剧剧本《玩家》。6月25日，该剧即将在人艺建组，8月末将与观众正式见面。这部剧浓缩了他自上世纪80年代起，与王世襄、耿宝昌、朱家溍、马未都等新老几代收藏家共同"玩儿"文玩的经历，也蕴含了他对老北京玩家们捡漏、打眼、洒金、洗货等传奇故事的观察与理解。

眼下，他又忙活起撰写专门研究北京话变迁的作品，"文学是语言的艺术，我用北京土话写作多年，自然想要更深入地研究这门学问。"虽然北京话就是他创作的工具，可一旦细研究，仍然会有许多惊喜，"北京话属于中原音系，又融合了蒙语、满语、山西语言特色，其词汇量异常丰富，带有一定的幽默感和含蓄性。"他举例说，仅仅关于"死"，北京话就有40多种表达方式：去了、走了、挂了、回去了、咽了气了、弯回去了、听蛐蛐叫去了、去了八宝山了、去大烟囱胡同了……关于"吃"，也有40多种表达方式，可见词汇量之大。除了词汇，年轻人说话的发音变化，也没逃过他的耳朵，"现在人们说话越来越爱吞字，比如'国安'常说成'关'，这渐渐也派生出一些新的语言现象。"

除了写作、搞研究，刘一达还有不少社会活动，在他家里客厅的台历本上，差不多每个日期格里都用粗黑的笔记着讲座预约。他的讲座围绕京味儿、北京文化展开，而最近一年来则集中于"老北京规矩"，"请安、问起儿、早起一杯茶、吃饭不能吧唧嘴等老规矩，依然被人们重视，依然被人们自觉自愿地想要传承。"

（原文载于《北京日报》2016.年 6 月 15 日版，记者：李洋）

玩家

话剧《玩家》在北京人民艺术剧院完美落幕，这部话剧以收藏为主讲述了 20 世纪 80 年代到现在收藏圈里的那些事儿，这 30 年也是收藏市场蓬勃发展的时期。

作者描述了 20 世纪 80 年代，收藏走进北京的千家万户，不仅玩古玩字画、花鸟鱼虫，还玩起了牌匾、照片、钱币、票证等，藏品有真也有假，玩家们为了获取真品，产生了尖锐复杂的斗争。在斗争中有的人心地善良、真诚相待；有的人虚伪欺诈、丑陋低俗，因此展开了心术和智谋的对决。

剧中的新伯安是对物件的真假一眼就能断定的老玩家，他把祖传的元青花瓷瓶当作是一种文化，一种精神，只收不卖。他的徒弟齐放在他的影响和帮助下，从开古玩店到开办博物馆成为新玩家。剧中的魏有亮靠捡破烂，收废品，最后发了大财。剧中的宝二爷在古玩交易中，以假乱真，从中渔利，是一个只认钱，不认人的投机者。

生活像一面镜子，揭示出人物心灵上的善与恶，美与丑，真与假是永恒的主题，古玩的真与假背后是人性的真与假，对任性的剖析贯穿了该剧的始终。这部戏超越了"收藏"和"玩家"，故事的情节和形形色色人物的表现，让人回味、发人深省。它教育和启迪人们；人在理想上，要追求真理；在知识上，要有真才实学；在人与人交往中，要真情实意，在物质产品上要货真价实，也就是做一个真实的人，老实的人。

戏的结尾，新伯安砸了三个元青花瓷瓶，并说："把假的都砸了，真的就出来了"。这句话的意思是，我们对假进行无情斗争，揭露它，消灭它，真的就会反映到我们的思想和行为之中，我们的生活就会更美好，这是人类追求的美好理想。但同时我们还要深思，在社会中，假的是客观存在的（剧中有句台词"神少鬼多"），真的总是同假的相比较而存在相斗争而发展，这也启发我们在改造客观世界过程中要努力改造主观世界。

京味戏剧是中国首都的名片，不仅地域特色明显，且文化意蕴丰厚。话剧《玩家》的编剧是创造多部京味小时的京味作家刘一达，他说："这部戏最重视语言的韵味和灵魂。"导演是指导过十部京味话剧的导演任鸣，他说："这部戏要给观众呈现出有北京味道，生动、好看的故事情节……还要在传承京味文化上有所继承，发展和创新。"

"京味儿"文化表现在北京人的性格特征。在《玩家》一剧中不同的人物，表现了不同的北京人性格。如有的朴实善良，真诚实实在；有的为人仗义，豪爽大方；有的幽默开朗，乐观豁达……在众多任务中，个个都具有鲜明的北京味文化起了重要作用。

京味文化还表现在具有北京特色的京味语言上。在这些语言中有的自然明快，有大家气派，如"用我二宝您咳嗽一声儿，"，"玩什么，让你睖睖；

有的幽默含蓄，形象生动，如"隔着门缝吹喇叭"，"知道吃几碗干饭就可以了"；有的北京话骂人，不带脏字，如："锥子上抹油，又尖又滑"。

观众热爱经典艺术，导演任鸣说："拍经典作品是我一生的梦想"，还说"经典无法买来"。但也不能自己认定，而是要经得起重复，经得起时间的考验，经得起群众的认可。

我期待着优秀的话剧《玩家》将成为常被人想起，不会忘记，久演不衰的一部经典作品。

（本文原载于《中国收藏》第 10 期 文：刘受益）

图书版权编目（CIP）数据

玩家 / 刘一达著；杨信绘 . 一北京：中国科学技术出版社 ,2017.7
ISBN 978-7-5046-7597-2

Ⅰ.①玩… Ⅱ.①刘… ②杨… Ⅲ.①话剧剧本 – 中国 – 当代 Ⅳ.① I234

中国版本图书馆 CIP 数据核字 (2017) 第 165801 号

策划编辑　杨虚杰
责任编辑　胡　怡
装帧创意　林海波
插　　画　杨　信
设计制作　犀烛书局
责任校对　杨京华
责任印制　马宇晨

出　　版　中国科学技术出版社
发　　行　中国科学技术出版社
地　　址　北京市海淀区中关村南大街 16 号
邮　　编　100081
发行电话　010-62173865
传　　真　010-62173081
网　　址　http://www.cspbooks.com.cn

开　　本　880mm×1230mm　1/32
字　　数　126 千字
印　　张　6.5
版　　次　2017 年 8 月第 1 版
印　　次　2017 年 8 月第 1 次印刷
印　　刷　北京利丰雅高长城印刷有限公司

书　　号　ISBN 978-7-5046-7597-2/I·35
定　　价　59.00 元